COLECȚIE COORDONATĂ DE
Magdalena Mărculescu

Agnès Martin-Lugand

Oamenii fericiți citesc și beau cafea

Traducere din franceză de Carmen Otilia Spînu

3
TREI

Editori:
Silviu Dragomir
Vasile Dem. Zamfirescu

Director editorial:
Magdalena Mărculescu

Redactor:
Mihaela Ionescu

Coperta colecției: Faber Studio
Foto copertă: Guliver/Getty Images/ © Cultura RM/Lauren Devon

Director producție:
Cristian Claudiu Coban

Dtp:
Mirela Voicu

Corectură:
Lorina Chițan
Cătălina Ioancea

Descrierea CIP a Bibliotecii Naționale a României
MARTIN-LUGAND, AGNÈS
Oamenii fericiți citesc şi beau cafea / Agnès Martin-Lugand ; trad.:
Carmen Otilia Spînu. - Bucureşti : Editura Trei, 2016
ISBN 978-606-719-640-5

I. Spînu, Carmen Otilia (trad.)

821.133.1-31=135.1

Titlul original: Les gens heureux lisent et boivent du café
Autor: Agnès Martin-Lugand

O.P. 16, Ghișeul 1, C.P. 0490, București
Tel.: +4 021 300 60 90 ; Fax: +4 0372 25 20 20
e-mail: comenzi@edituratrei.ro
www.edituratrei.ro

ISBN: 978-606-719-640-5

Lui Guillaume şi Simon-Aderaw, viaţa mea.

Noi socotim că va fi depăşit după un anumit timp şi considerăm că ar fi inoportun şi chiar dăunător să-l perturbăm.

(SIGMUND FREUD, despre doliu, „Doliu şi Melancolie“, în *Metapsihologie*)

Unu

— Mami, te rog!

— Clara, am spus nu.

— Hai, Diane. Las-o să vină cu mine.

— Colin, nu încerca să mă păcăleşti. Dacă vine Clara cu tine, o să întârziaţi şi o să plecăm în vacanţă cu trei zile mai târziu.

— Vino cu noi să ne supraveghezi!

— În niciun caz. Ai văzut câte mai sunt de făcut?

— Un motiv în plus să vină şi Clara cu mine, tu îţi vei vedea liniştită de treabă.

— Mami!

— Foarte bine, fie. Ştergeţi-o! Hai! Nu vreau să vă mai văd.

Au plecat şuşotind pe scară.

Am aflat că încă făceau pe bufonii în maşină în momentul în care camionul i-a lovit. Mi-am spus că au murit râzând. Mi-am spus că aş fi vrut să fiu cu ei.

Şi după un an, îmi repetam în fiecare zi că aş fi preferat să mor cu ei. Dar inima mea se încăpăţâna să bată. Şi mă ţinea în viaţă. Spre marea mea nenorocire.

Întinsă pe canapea, fixam cu privirea rotocoalele de fum de ţigară, când uşa de la intrare s-a deschis. Félix nu mai aştepta să-l poftesc ca să vină la mine. Îşi făcea apariţia pur şi simplu, fără să anunţe sau cam aşa ceva. Venea zilnic. Ce fusese în mintea mea de-i lăsasem o dublură a cheii?

Intrarea lui m-a făcut să tresar şi scrumul mi-a căzut pe pijama. Cu un suflu, l-am scuturat pe jos. Ca să nu-l văd făcând menajul cotidian, am plecat la bucătărie să-mi iau încă o doză de cofeină.

Când m-am întors, nimic nu-şi schimbase locul. Scrumierele erau tot pline, ceştile goale, cutiile de mâncare comandată şi sticlele erau risipite pe măsuţa joasă. Félix stătea aşezat, picior peste picior, şi mă fixa cu privirea. Să-l văd cu aerul acela serios m-a nedumerit o fracţiune de secundă, dar ce m-a surprins cel mai mult a fost ţinuta lui. De ce era în costum? Ce se întâmplase cu veşnicii blugi rupţi şi cu tricourile mulate?

— Unde te duci îmbrăcat aşa? La o nuntă sau la o înmormântare?

— Cât e ceasul?

— Nu ăsta-i răspunsul la întrebarea mea. Puţin îmi pasă cât e ceasul. Te-ai deghizat ca să agăţi vreun *golden boy*?

— Aş fi vrut eu. Este două după-amiaza şi tu trebuie să te duci să te speli şi să te îmbraci. Nu poţi să mergi în halul ăsta.

— Unde vrei să merg?

— Grăbeşte-te. Părinţii tăi şi cei ai lui Colin o să ne aştepte. Trebuie să fim acolo într-o oră.

Trupul mi-a fost străbătut de un fior, mâinile au început să-mi tremure, am simţit un gust amar în gură.

— Nici nu se pune problema, n-am să merg la cimitir. Înțelegi?

— Pentru ei, mi-a spus el blând. Vino să le aduci un omagiu, astăzi trebuie să vii, se împlinește un an, toată lumea te va susține.

— Nu vreau susținerea nimănui. Refuz să merg la această stupidă ceremonie comemorativă. Credeți că vreau să celebrez moartea lor?

Vocea mi-a tremurat și primele lacrimi ale zilei au început să curgă. Ca prin ceață l-am văzut pe Félix ridicându-se și apropiindu-se de mine. Brațele lui m-au cuprins și m-au strâns la piept.

— Diane, vino pentru ei, te rog.

L-am respins cu violență.

— Ți-am spus că nu, ești tâmpit? Ieși afară din casa mea! am urlat văzând că schițează un pas către mine.

Am alergat în dormitor. În pofida tremurului mâinilor, am reușit să încui de două ori. M-am prăbușit cu spatele lipit de ușă și mi-am îndoit genunchii la piept. Tăcerea care a cuprins apartamentul a fost întreruptă de oftatul lui Félix.

— Am să mai trec diseară.

— Nu vreau să te mai văd.

— Fă măcar efortul să te speli, dacă nu, te bag chiar eu sub duș.

Pașii lui s-au îndepărtat și zgomotul ușii mi-a dat de înțeles că plecase, în sfârșit.

Am rămas nemișcată, cu capul între genunchi, minute lungi, înainte să-mi cadă privirea pe pat. În patru labe, am mers cu greu spre el. M-am ridicat și m-am înfășurat în plapumă. Ca de fiecare dată când mă refugiam acolo, nasul meu a pornit în căutarea mirosului

lui Colin. Dispăruse în cele din urmă, şi totuşi eu nu schimbasem deloc cearşafurile. Voiam să-l simt încă. Voiam să uit mirosul de spital, de moarte, care i se impregnase în piele ultima dată când mi-am ghemuit capul pe gâtul lui.

Voiam să dorm, somnul avea să mă facă să uit.

Cu un an înainte, când am ajuns la urgenţe împreună cu Félix, m-au anunţat că era prea târziu, fiica mea murise în ambulanţă. Medicii nu mi-au lăsat timp decât să vomit înainte să mă informeze că şi în privinţa lui Colin nu era decât o chestiune de minute, poate cel mult de ore. Dacă voiam să-mi iau adio, nu trebuia să pierd timpul. Aş fi vrut să urlu, să le spun că mă mint, dar nu eram în stare. Nimerisem în plin coşmar, voiam să cred că mă voi trezi. Dar o infirmieră ne-a condus spre locul în care se afla Colin. Fiecare cuvânt, fiecare gest din momentul în care am intrat în încăperea aceea au rămas întipărite în memoria mea. Colin stătea acolo întins pe un pat, conectat la o mulţime de aparate zgomotoase, care clipeau. Corpul lui abia se mişca, faţa îi era acoperită de vânătăi. Am rămas paralizată mai multe minute în faţa acelei privelişti. Félix m-a urmat şi prezenţa lui m-a împiedicat să mă prăbuşesc. Capul lui Colin s-a întors uşor spre mine, privirea lui s-a agăţat de a mea. A găsit puterea să schiţeze un zâmbet. Zâmbet care mi-a permis să mă apropii de el. I-am luat mâna, el a strâns-o pe-a mea.

— Ar trebui să fii cu Clara, mi-a spus cu greutate.

— Colin, Clara e...

— E în sala de operaţie, m-a întrerupt Félix.

Am ridicat capul spre el. I-a zâmbit lui Colin, evitându-mi privirea. Ceva îmi bâzâia în urechi, fiecare părticică din corpul meu a început să tremure, vederea mi s-a încețoșat. Am simțit mâna lui Colin strângând-o mai tare pe a mea. Îl priveam în timp ce îl asculta pe Félix dându-i vești despre Clara și spunându-i că ea va scăpa. Această minciună m-a adus brusc la realitate. Cu o voce frântă, Colin mi-a spus că nu văzuse camionul, căci el și Clara cântau în momentul acela. Nu mai eram în stare să vorbesc. M-am aplecat asupra lui, i-am trecut mâna prin păr, peste frunte. A întors din nou fața spre mine. Lacrimile mele îi făceau trăsăturile neclare, începuse deja să dispară. Mă sufocam. A ridicat mâna ca s-o pună pe obrazul meu.

— Ssst, iubita mea, mi-a spus el. Liniștește-te, l-ai auzit pe Félix, Clara va avea nevoie de tine.

N-am găsit nimic ca să scap de privirea lui plină de speranță pentru fiica noastră.

— Dar tu? am reușit să articulez.

— Ea este cea care contează, mi-a spus, ștergându-mi o lacrimă de pe obraz.

Hohotele mele s-au întețit, mi-am rezemat fața de palma lui caldă încă. Era tot acolo. Încă. M-am agățat de acest încă.

— Colin, nu vreau să te pierd, i-am șoptit.

— Nu ești cu totul singură, o ai pe Clara, iar Félix va avea grijă de voi.

Am dat din cap fără să îndrăznesc să-l privesc.

— Iubirea mea, totul va fi bine, ai să fii curajoasă pentru fiica noastră...

Vocea i s-a stins brusc, m-am speriat și am ridicat capul. Părea atât de obosit. Își folosise ultimele puteri pentru mine, ca întotdeauna. M-am lipit de el ca să-l îmbrățișez, a răspuns cu puțina viață care-i mai rămăsese.

Atunci m-am lungit lângă el şi l-am ajutat să-şi aşeze capul pe mine. Cât timp era în braţele mele, nu putea să mă părăsească. Pentru ultima oară, Colin mi-a şoptit că mă iubeşte, abia am avut timp să-i răspund înainte să adoarmă liniştit. Am rămas aşa mai multe ore, l-am ţinut lângă mine, l-am legănat, l-am îmbrăţişat, am respirat pentru el. Părinţii mei au încercat să mă facă să plec, am urlat. Cei ai lui Colin veniseră să-şi vadă fiul, nu i-am lăsat să-l atingă. Era doar al meu. Răbdarea lui Félix m-a făcut până la urmă să cedez. Şi-a luat răgazul să mă liniştească înainte să-mi aducă aminte că trebuia să-mi iau rămas-bun şi de la Clara. Fiica mea fusese întotdeauna singura fiinţă din lume care ar fi putut să mă despartă de Colin. Moartea nu schimbase nimic. Mâinile mi s-au relaxat şi am dat drumul trupului său. Mi-am lipit buzele o ultimă oară de ale lui şi am plecat.

Pe drumul spre Clara m-a învăluit ceaţa. Am reacţionat doar în faţa uşii.

— Nu, i-am spus lui Félix. Nu pot.

— Diane, trebuie să te duci s-o vezi.

Fără să-mi iau ochii de la uşă, am făcut câţiva paşi înapoi şi după aceea am luat-o la fugă pe holurile spitalului. Am refuzat să-mi văd fiica moartă. Nu voiam să-mi amintesc decât zâmbetul ei, buclele blonde încurcate care i se învolburau în jurul feţei, ochii sclipind maliţios chiar în dimineaţa în care a plecat cu tatăl ei.

Astăzi, ca în tot anul care a trecut, tăcerea stăpânea în apartamentul nostru. Fără muzică, fără râsete, fără conversaţii nesfârşite.

Paşii m-au dus în mod automat spre camera Clarei. Acolo totul era roz. Din clipa în care am ştiut că vom avea o fată, am hotărât că tot decorul va fi integral de această culoare. Colin folosise un număr fenomenal de subterfugii ca să mă facă să mă răzgândesc. N-am cedat.

Nu mă atinsesem de nimic; nici de plapuma făcută sul, nici de jucăriile împrăştiate în toate colțurile, nici de cămaşa de noapte căzută jos, nici de mica valiză pe role în care îşi pusese păpuşile pentru vacanță. Două jucării de pluş nu mai erau acolo, cea cu care plecase şi cea cu care dormeam eu.

După ce am închis în tăcere uşa, m-am îndreptat spre dressingul lui Colin. Am luat o altă cămaşă.

Tocmai mă închisesem în baie ca să fac un duş, când l-am auzit pe Félix întorcându-se. În baie, un cearşaf mare acoperea oglinda, toate rafturile erau goale, cu excepția sticlelor de parfum ale lui Colin. Niciun articol feminin, niciun fard, nicio cremă, nicio bijuterie.

Răceala pardoselii nu m-a făcut să reacționez, nu-mi păsa de ea. Apa îmi curgea pe corp fără să-mi dea nici cea mai mică stare de bine. Mi-am umplut palma cu şamponul de căpşune al Clarei. Mirosul dulceag mi-a smuls câteva lacrimi amestecate cu o consolare morbidă.

Ritualul meu putea să înceapă. M-am dat cu parfumul lui Colin, primul strat de protecție. Am încheiat nasturii cămăşii lui, al doilea strat. Am îmbrăcat hanoracul lui, al treilea strat. Mi-am strâns părul umed ca să-i păstrez aroma de căpşune, al patrulea strat.

În salon, resturile dispăruseră, geamurile erau deschise şi părea că în bucătărie se dă o bătălie. Înainte să mă duc la Félix, am închis din nou ferestrele. Penumbra era cea mai bună prietenă a mea.

Félix căuta ceva în congelator. M-am sprijinit de tocul uşii ca să-l privesc. Îşi reluase uniforma şi dădea din fund fluierând.

— Pot să ştiu ce te face să fii aşa de binedispus?

— Noaptea trecută. Lasă-mă să pregătesc masa şi îţi povestesc tot.

S-a întors spre mine şi m-a privit. S-a apropiat şi a respirat adânc de mai multe ori.

— Nu mă mai amuşina ca un câine, i-am spus.

— Va trebui să termini cu asta.

— De ce te plângi? M-am spălat.

— Nu este un lux.

M-a sărutat pe obraz înainte să se întoarcă la treabă.

— De când ştii tu să găteşti?

— Nu ştiu să gătesc, folosesc un cuptor cu microunde. Dar pentru asta ar trebui să găsesc ceva bun de ciugulit. În frigiderul tău e mai rău decât în deşertul Gobi.

— Dacă ţi-e foame, comandă o pizza. Eşti incapabil să găteşti ceva. Ai rata chiar şi o mâncare congelată.

— De-aia m-aţi hrănit tu şi Colin în ultimii zece ani. Tocmai ai avut o idee genială, aşa o să pot să-ţi acord mai mult timp.

M-am dus să mă prăbuşesc pe canapea. Urma să am parte de relatarea nopţii lui fantastice. Un pahar cu vin roşu a apărut rapid în faţa ochilor mei. Félix s-a instalat vizavi şi mi-a dat pachetul lui de ţigări. Am aprins imediat una.

— Părinţii tăi m-au rugat să te salut.

— Cu atât mai bine pentru ei, i-am răspuns aruncând fumul înspre el.

— Îşi fac griji pentru tine.

— Nu au de ce.

— Ar vrea să treacă să te vadă.

— Eu nu vreau. De altfel, consideră-te fericit, eşti singurul pe care încă îl tolerez.

— Sunt de neînlocuit, nu poți să te lipseşti de mine.

— Félix!

— Foarte bine, dacă insişti, o să-ți povestesc în cele mai mici detalii noaptea trecută.

— O, nu, orice, dar nu viața ta sexuală!

— Trebuie să ştii ce vrei. Ori aventurile mele, ori pe părinții tăi.

— OK, dă-i drumul, te ascult.

Félix nu era zgârcit cu detaliile indecente. Pentru el, viața se rezuma la o petrecere uriaşă, pigmentată de o sexualitate debordantă şi de consumul de substanțe pe care le testa în avanpremieră. Adâncit în poveştile lui, nu auzea nici măcar că îi răspundeam, vorbea, vorbea fără să se oprească. Nu s-a întrerupt decât când s-a auzit soneria.

A aflat şi băiatul cu pizza cum s-a făcut el invitat în patul unui student de douăzeci de ani. Încă unul de a cărui educație s-a ocupat Félix.

— Dacă l-ai fi văzut — un drăgălaş — de dimineață, doar că nu m-a implorat să mă întorc ca să mă ocup de el. M-a întristat, a adăugat el prefăcându-se că-şi şterge o lacrimă.

— Eşti chiar josnic.

— L-am prevenit, dar ce vrei, când guşti din Félix devii dependent.

Eu abia luasem două sau trei înghițituri, iar Félix, el era gata să plesnească. Încă nu părea că e hotărât să plece. Devenise ciudat de tăcut, a strâns resturile şi a dispărut în bucătărie.

— Diane, nici măcar nu m-ai întrebat cum a fost astăzi.

— Nu mă interesează.

— Mergi prea departe. Cum poți să fii atât de indiferentă?

— Taci, sunt oricum, dar nu indiferentă. Nu-ți permit să-mi spui aşa ceva! am țipat, ridicându-mă dintr-un salt.

— Drace, uită-te la tine, parc-ai fi o cârpă. Nu mai faci nimic. Nu mai munceşti. Viața ta se rezumă la a fuma, a bea şi a dormi. Apartamentul vostru a devenit un sanctuar. Nu mai pot să văd cum te prăbuşeşti în fiecare zi tot mai mult.

— Nimeni nu poate să înțeleagă.

— Ba da, bineînțeles că toată lumea înțelege ce înduri tu. Dar ăsta nu este un motiv ca să te stingi. A trecut un an de când s-au dus, e timpul să trăieşti. Luptă-te, fă-o pentru Colin şi pentru Clara.

— Nu ştiu să mă lupt şi oricum n-am chef.

— Lasă-mă să te ajut.

Incapabilă să suport mai mult, mi-am astupat urechile şi am închis ochii. Félix m-a luat în brațe şi m-a obligat să mă aşez. Aveam încă dreptul la una dintre îmbrățişările lui sufocante. Nu i-am înțeles niciodată nevoia de a mă strivi la pieptul lui.

— De ce nu ieşi cu mine diseară? a întrebat.

— N-ai înțeles nimic, i-am răspuns, lipindu-mă de el fără să vreau.

— Ieşi din casă, întâlneşte lume. Nu poți să te mai izolezi. Vino mâine cu mine la cafenea.

— Puțin îmi pasă de cafenea!

— În cazul ăsta, să plecăm în vacanță amândoi. Pot să închid. Cartierul poate să se lipsească de noi… mă rog, de mine, câteva săptămâni.

— N-am chef de vacanță.

— Sunt sigur că e taman invers. O să râdem mult amândoi, o să mă ocup de tine douăzeci şi patru de ore din douăzeci şi patru. Este ceea ce-ți trebuie ca să te pui pe picioare.

Nu mi-a văzut ochii ieşiți din orbite la ideea de a-l avea în permanență prin preajmă.

— Uite, lasă-mă să mă gândesc, i-am spus ca să-l liniştesc.

— Promiți?

— Da, acum vreau să dorm, du-te.

M-a sărutat zgomotos pe obraz înainte să-şi scoată telefonul din buzunar. Şi-a etalat impresionanta agendă de numere înainte să-i sune pe un Steven, pe un Fred şi pe un Alex. Peste măsură de excitat de perspectiva unei seri de desfrâu, m-a lăsat, în sfârşit. În picioare, am aprins o țigară înainte să pornesc spre uşa de la intrare. Şi-a părăsit interlocutorul ca să mă îmbrățişeze o ultimă oară şi să-mi şoptească la ureche: „Pe mâine, dar nu conta pe mine prea devreme, mă aşteaptă o noapte grea".

În chip de răspuns, am ridicat ochii spre cer. Nici mâine-dimineață cafeneaua nu se va deschide la timp. Nu puteam face mare lucru în privința asta. Într-o altă viață avusesem o cafenea literară.

Félix mă epuizase. Dumnezeu ştie că-l iubesc, dar nu mai puteam.

În pat, m-am gândit la cuvintele lui. Părea hotărât să mă facă să reacționez. Trebuia să găsesc cu orice preț o soluție ca să scap de el. Când avea genul ăsta de idei, nimic nu putea să-l oprească. El voia să-mi fie mai bine, eu nu. Ce aş fi putut să inventez?

Doi

În curând se face o săptămână de când Félix a lansat proiectul „S-o scoatem pe Diane din depresie". Un potop de sugestii unele mai nebuneşti decât altele s-a abătut deja asupra mea. Punctul culminant a fost atins atunci când Félix a aşezat nişte broşuri ale agenţiilor de voiaj pe măsuţa mea. Ştiam foarte bine ce punea la cale, o vacanţă la soare cu tot ce însemna asta. Un club plin de turişti, şezlonguri, palmieri, cocteiluri pe bază de rom botezat, trupuri bronzate şi lucioase, cursuri de gimnastică acvatică pentru a pune ochii pe vreun organizator drăguţ, visul lui Félix şi coşmarul meu. Toţi acei turişti înghesuiţi unii într-alţii pe o plajă minusculă, sau bătându-se în ţinută de seară în faţa bufetului, îngroziţi de ideea că vecinul care sforăie ar putea să le fure ultimul cârnat, oameni fericiţi să stea zeci de ore într-un spaţiu închis, cu nişte puşti care zbiară în jurul lor, toate astea mă făceau să vomit.

De aceea mă învârteam în cerc şi fumam până îmi lua foc gâtul. Somnul nu-mi mai era un refugiu, era invadat de Félix în costum de baie forţându-mă să dansez salsa într-un club de noapte. Nu va renunţa până când nu voi ceda. Trebuia să reușesc să scap, să-i trag preșul de sub picioare, să-l liniștesc descotorosindu-mă de el. Să rămân acasă era exclus. Să plec, să las definitiv Parisul, asta era până la urmă soluția. Să găsesc un colț pierdut de lume unde el să nu mă urmeze.

O excursie în lumea celor vii devenea inevitabilă, dulapurile și frigiderul meu erau disperant de goale. Nu mai găseam acolo decât pachete de biscuiți vechi — gustările Clarei — și berile lui Colin. Am luat una și am întors-o pe toate părțile înainte să mă hotărăsc s-o deschid. Am inhalat de parcă aș fi mirosit un vin al unei mari podgorii. Am băut o înghițitură și amintirile au năvălit.

Primul nostru sărut avusese gust de bere. De câte ori nu am râs apoi pe tema asta? La douăzeci de ani, romantismul nu prea dădea pe afară. Colin nu bea decât bere neagră, cea blondă nu-i plăcea, se întreba mereu de ce mă alesese, de aceea se trezea invariabil cu o palmă peste ceafă.

Berea se amestecase o dată și în planurile noastre de vacanță. Colin voia să plecăm câteva zile în Irlanda. Apoi a pretins că ploaia, vântul și frigul îl făcuseră să renunțe. De fapt, îmi cunoștea îndeajuns gustul exclusiv pentru soare și bronz ca să nu mă oblige să port impermeabil și haine groase în vacanța noastră de vară și să-mi impună o destinație care nu mi-ar fi plăcut.

Sticla mi-a căzut din mână și s-a făcut țăndări pe pardoseală.

Stând la biroul lui Colin cu un atlas în față, parcurgeam harta Irlandei. Cum să-mi aleg mormântul sub cerul liber? Ce loc ar putea să-mi aducă pacea și liniștea necesare ca să fiu față în față cu Colin și cu Clara? Pentru că nu cunoşteam practic nimic despre această ţară şi, aflându-mă în incapacitatea de a alege un loc anume, am închis în cele din urmă ochii şi am pus degetul la întâmplare.

Am întredeschis un ochi şi m-am uitat apoi mai de aproape. Mi-am folosit şi ochiul celălalt după ce am luat degetul ca să descifrez numele. Hazardul alesese cel mai mic sat cu putinţă, scrisul era abia vizibil pe hartă. „Mulranny". Mă voi exila la Mulranny.

Era momentul, trebuia să-l anunţ pe Félix că voi pleca să locuiesc în Irlanda. Trei zile, atât mi-a trebuit ca să găsesc curajul necesar. Tocmai terminaserăm de mâncat, mă străduisem să înghit fiecare dumicat ca să-i fac pe plac. Tolănit într-un fotoliu, el răsfoia una dintre broşuri.

— Félix, lasă revistele.

— Te-ai hotărât?

S-a ridicat dintr-un salt şi şi-a frecat mâinile.

— Unde plecăm?

— Tu, habar n-am, dar eu am să locuiesc în Irlanda.

Tonul meu s-a vrut cât mai natural posibil. Félix înghiţea aerul ca un peşte gata să se asfixieze.

— Revino-ţi.

— Îţi baţi joc de mine? Nu vorbeşti serios! Cine a putut să-ţi dea o asemenea idee?

— Colin, închipuie-ţi.

— E clar, ai luat-o razna. Acum o să-mi zici că s-a întors din morţi ca să-ţi spună unde să pleci.

— Nu e nevoie să fii răutăcios. I-ar fi plăcut să meargă acolo, asta-i tot. Am să mă duc eu în locul lui.

— O, nu, n-ai să te duci acolo, mi-a spus Félix foarte sigur pe el.

— Şi de ce nu?

— N-ai ce să faci în țara aia de... de...

— De ce?

— De rugbişti mâncători de oi.

— Te deranjează rugbiştii? Prima noutate. De obicei îți sunt mai degrabă pe plac. Şi-apoi crezi că să te duci în Thailanda ca să zaci pe o plajă sub lună plină şi să te întorci cu *forever Brandon* tatuat pe fesa stângă e mai bine?

— *Touché...*, răutăcioaso! Dar nu se compară. Tu deja nu eşti în apele tale, ai să devii irecuperabilă.

— Opreşte-te. Am hotărât că voi pleca în Irlanda pentru câteva luni şi tu n-ai nimic de spus în privința asta.

— Să nu contezi pe mine că am să te însoțesc.

M-am ridicat şi am început să-mi fac de lucru cu tot ce-mi cădea în mână.

— Cu atât mai bine, pentru că nu eşti invitat. Nu mai suport să am un cățel după mine. Mă sufoci! am strigat privindu-l.

— Să ştii bine un lucru, am să reîncep foarte repede să te sufoc.

A râs şi, fără să-şi ia ochii de la mine, şi-a aprins o țigară.

— Vrei să ştii de ce? Pentru că nu-ți dau mai mult de două zile. Ai să te întorci spăşită şi ai să mă implori să te duc la soare.

— Nici în vecii vecilor. Crede ce vrei, dar fac asta ca să mă vindec.

— Greşeşti metoda, dar măcar e un pas înainte.

— N-ai prieteni care te-aşteaptă?

Nu mai suportam privirea lui inchizitorială. S-a ridicat şi s-a apropiat de mine.

— Vrei să mă duc să sărbătoresc noul tău capriciu?

Fața i s-a întunecat. Mi-a pus mâinile pe umeri şi m-a privit fix în ochi.

— Chiar vrei să ieşi la liman?

— Evident.

— Atunci, eşti de acord ca în valizele tale să nu fie nicio cămaşă a lui Colin, nicio jucărie de pluş a Clarei, niciun parfum în afară de al tău.

Căzusem în propria cursă. Mă dureau stomacul, capul, pielea. Imposibil să fug de ochii săi negri precum cărbunele, degetele lui erau înfipte în umerii mei.

— Bineînțeles, vreau să-mi fie mai bine, am să mă despart treptat de lucrurile lor. Ar trebui să fii mulțumit, după atâta timp de când vrei s-o fac.

Prin nu ştiu ce miracol, vocea mea nu a tremurat. Félix a oftat adânc.

— Eşti iresponsabilă, n-ai să reuşeşti niciodată. Colin nu te-ar fi lăsat cu niciun chip să întreprinzi un asemenea proiect. Bun, ai vrut să faci ceva ca să-ți revii, dar renunță, te rog, o să găsim altceva. Mi-e teamă să nu dai greş.

— N-am să cedez.

— Du-te să te culci, mai vorbim mâine.

A făcut o mutră dezamăgită, m-a sărutat pe obraz şi s-a îndreptat spre uşă fără nicio vorbă în plus.

În pat, înfăşurată în plapumă, strângând în brațe jucăria Clarei, încercam să-mi liniştesc bătăile inimii. Félix se înşela, Colin m-ar fi lăsat să plec singură în străinătate, cu singura condiție ca el să se ocupe de organizare. El se ocupa de tot când plecam în călătorie, de la biletul de avion până la rezervarea de la hotel, gestionând inclusiv actele mele de identitate. Nu mi-ar fi încredințat niciodată pașaportul meu sau pe al Clarei, zicea că sunt cu capul în nori. Ar fi avut el încredere în mine pentru un asemenea proiect? Nu e sigur, până la urmă.

Nu locuisem niciodată singură, plecasem din casa părinților mei ca să mă mut cu el. Mi-era frică să dau un simplu telefon ca să cer o informație sau ca să fac o reclamație. Colin știa să facă totul. Trebuia să mi-l imaginez ghidându-mă, ca să pregătesc tot. Îl voi face mândru de mine. Dacă era unul dintre ultimele lucruri pe care le făceam înainte să mă îngrop, le voi dovedi tuturor că eram în stare să merg până la capăt.

Unele lucruri nu se schimbă, cum este felul meu de a face bagajul. Dulapul de haine era gol, iar valizele, pline-ochi. N-aveam să folosesc nici un sfert din ele. Nu mai lipsea decât ceva de citit și pentru asta trebuia să fac un efort.

De cât timp nu mai făcusem acest drum? Félix avea să cadă în spatele tejghelei când mă va vedea venind. În mai puțin de cinci minute am ajuns pe strada Vieille-du-Temple. Strada mea. Într-o vreme, acolo îmi petreceam zilele; pe terase, în magazine, în galerii și lucrând în cafenea. Înainte, simplul fapt de a mă afla acolo mă făcea fericită.

Astăzi, ascunsă sub gluga unui hanorac al lui Colin, evitam vitrinele, locuitorii, turiștii. Mergeam pe stradă ca să evit stâlpii prost puși care te obligau să faci slalom. Totul mă agresa, până și delicioasa aromă de pâine caldă care venea din brutăria în care obișnuiam să merg.

Pașii mi-au încetinit în apropiere de cafenea. Trecuse mai mult de un an de când nu mai pusesem piciorul acolo. M-am oprit pe trotuarul din faţă fără să arunc o privire. Nemişcată, cu capul plecat, am băgat mâna într-unul din buzunare, aveam nevoie de nicotină. Cineva m-a împins şi faţa mi s-a întors involuntar înspre cafeneaua mea literară. Această mică vitrină din lemn, uşa din mijloc cu clopoţelul dinăuntru, numele pe care îl alesesem în urmă cu cinci ani, *Oamenii fericiţi citesc şi beau cafea*, totul mă ducea către viaţa mea alături de Colin şi Clara.

Dimineaţa inaugurării fusese marcată de panică generală. Lucrările nu erau terminate, încă nu despachetasem cărţile. Félix nu venise, eram singură să mă agit pentru ca muncitorii să mărească ritmul. Colin îmi telefona la fiecare sfert de oră ca să se asigure că vom fi gata pentru seara de deschidere. De fiecare dată îmi înghiţeam lacrimile şi râdeam ca o proastă. Scumpul meu asociat, pus la patru ace, îşi făcuse apariţia pe la mijlocul după-amiezii, când eram în pragul unei crize de isterie pentru că firma nu fusese încă fixată deasupra uşii.

— Félix, unde ai fost? am urlat.

— La coafor. De altfel, tot aşa ar fi trebuit să faci şi tu, mi-a răspuns el punând mâna cu dezgust pe o şuviţă din părul meu.

— Când ai fi vrut să mă duc? Nimic nu este gata pentru diseară, îl mint pe Colin de azi-dimineaţă, nu degeaba am spus că totul era sortit eşecului, este un cadou otrăvit locul ăsta. De ce părinţii mei şi Colin m-au ascultat când am spus că vreau să am o cafenea literară? Acum nu mai vreau.

Vocea mea era ascuţită şi începusem din nou să mă agit încolo şi-ncoace. Félix a dat toţi muncitorii afară şi s-a întors spre mine. M-a prins şi m-a scuturat ca pe un prun.

— Stop! Începând din acest moment, mă ocup eu. Du-te să te pregăteşti.

— N-am timp!

— Nici nu se pune problema să deschidem, cu o patroană care arată ca o gorgonă.

M-a împins până la uşa din spate, care ducea în studioul închiriat împreună cu cafeneaua. Înăuntru am găsit o rochie nouă şi tot ce trebuia ca să mă fac frumoasă. Un buchet enorm de trandafiri şi de frezii trona chiar pe jos. Am citit biletul de la Colin. Îmi repeta cât de mult credea în mine.

Până la urmă, seara inaugurării fusese foarte reuşită, în ciuda cifrei noastre de afaceri aproape de zero — Félix se autoproclamase responsabil de încasări. Ocheadele şi zâmbetele lui Colin mă încurajaseră. Cu Clara în brațe, am mers de la o masă la alta, printre rude, prieteni, colegii soțului meu, cunoştințele dubioase ale lui Félix şi negustorii de pe stradă.

Astăzi, cinci ani mai târziu, totul se schimbase, Colin şi Clara nu mai erau. Nu aveam niciun chef să mă reapuc de muncă şi totul în acest loc îmi amintea de soțul şi de fiica mea. De mândria lui Colin când venea să sărbătorească o victorie la tribunal, de primii paşi ai Clarei printre clienți, de prima oară când îşi scrisese numele, stând la tejghea în fața unui suc de rodie.

O umbră s-a desenat lângă mine, pe trotuar. Félix m-a tras spre el şi m-a strâns în brațe.

— Ştii că eşti aici de o jumătate de oră? Vino cu mine!

Am scuturat din cap.

— N-ai venit degeaba, este timpul să regăseşti cafeneaua.

M-a luat de mână şi am traversat strada. M-a strâns mai tare când a împins uşa. Clopoţelul a sunat şi a declanşat o criză de plâns.

— Şi eu mă gândesc la Clara de câte ori îl aud, mi-a mărturisit Félix. Treci în spatele tejghelei.

M-am supus fără să opun rezistenţă. Mirosul cafelei amestecat cu cel de cărţi mi-a pătruns în nări. Fără să vreau, l-am respirat până în adâncul plămânilor. Mâna mi-a alunecat peste barul din lemn, era lipicios. Am luat o ceaşcă, era murdară, am luat alta, nici ea prea curată.

— Félix, eşti mai grijuliu cu apartamentul meu decât cu cafeneaua, este chiar dezgustător.

— Asta pentru că sunt depăşit de situaţie, nu am timp să mă ocup de toate, mi-a răspuns ridicând din umeri.

— E-adevărat că e aglomeraţie mare, n-ai unde să arunci un ac.

S-a întors să se ocupe de singurul lui client, cu care părea să fie mai mult decât apropiat, judecând după privirile pe care le schimbau. Tipul şi-a terminat paharul şi a plecat cu o carte sub braţ, fără să mai treacă pe la casă.

— Aşadar, îţi reiei munca? m-a întrebat Félix după ce şi-a pus un pahar.

— Ce tot spui?

— Ai venit aici pentru că vrei să munceşti din nou, nu?

— Nu, ştii foarte bine. Vreau doar să iau nişte cărţi.

— Deci, chiar pleci? Dar mai este timp, nu trebuie să te grăbeşti.

— N-ai ascultat nimic. Plec peste opt zile şi am trimis deja înapoi contractul de închiriere semnat.

— Ce contract de închiriere?

— Al casei în care o să locuiesc în următoarele luni.

— Eşti sigură că nu este un plan greşit?

— Nu, nu sunt sigură de nimic, am să văd acolo.

Nu ne luam ochii unul de la celălalt.

— Diane, nu poți să mă lași absolut singur aici.

— E mai mult de un an de când lucrezi fără mine, iar eu nu sunt cunoscută tocmai pentru eficacitatea mea în muncă. Hai, recomandă-mi niște cărți.

Fără niciun chef, mi-a arătat preferințele lui; am acceptat fără să stau pe gânduri, puțin îmi păsa. Pe una deja o știam: *Cronicile din San Francisco*. Prietenul meu cel mai bun credea că Armistead Maupin avea puterea să rezolve orice problemă. Nu știam nimic despre el, nu-l citisem niciodată. Félix punea cărțile unele peste altele pe tejghea. Îmi evita privirea.

— Am să ți le aduc eu acasă, sunt prea grele.

— Mulțumesc. Te las, am încă multe de făcut.

Privirea mi-a alunecat într-un colțișor din spatele barului. M-am apropiat, împinsă de curiozitate. Un montaj alcătuit din mai multe fotografii cu mine, Colin, Clara și Félix. Fusese făcut cu grijă. M-am întors înspre Félix.

— Acum întoarce-te acasă, mi-a spus blând.

Se afla aproape de ușă, m-am oprit lângă el, l-am sărutat ușor pe obraz și am ieșit.

— Diane! Să nu mă aștepți diseară, nu vin.

— OK, pe mâine.

— Colin!

Inima îmi bătea, pielea îmi era udă, pipăiam peste tot prin pat. Răceala și golul din locul lui răspundeau chemării mele. Cu toate acestea, Colin era acolo, mă săruta, buzele lui îmi atinseseră pielea de pe gât, coborâseră prin spatele urechii până la umăr. Respirația lui pe ceafa mea, cuvintele şoptite, picioarele noastre înlănţuite. Am dat cearşafurile la o parte şi mi-am lăsat picioarele goale pe parchet. Apartamentul era scăldat în luminile oraşului. Scârţâitul lemnului sub paşii mei mi l-a amintit pe cel stârnit de piciorușele Clarei care alerga la uşă când auzea cheia lui Colin în broască.

În fiecare seară, acelaşi ritual. Noi stăteam ghemuite una în alta pe canapea. Clara în cămaşă de noapte, iar eu nerăbdătoare să-mi revăd soţul. Mergeam în antreu, Colin abia avea timp să-şi lase dosarele pe măsuţă înainte ca micuţa să-i sară în braţe.

În întuneric, am mers pe urmele lor, în încăperea în care ne reuneam. Colin venea spre mine, eu îi desfăceam cravata, el mă săruta, Clara ne despărţea, cinam, Colin o culca pe fiica noastră, după care rămâneam amândoi, cu siguranţa de a o şti pe Clara la căldură în patul ei, cu degetul mare în gură.

Am realizat că apartamentul nostru nu mai exista, îmi dorisem să rămân acolo ca să păstrez totul neatins, dar greşisem. Nu mai erau dosare, zgomotul cheii în uşă, alergături pe parchet. Nu aveam să revin niciodată aici.

Trei sferturi de oră cu metroul ca să rămân blocată în capătul scării de ieşire. Picioarele îmi erau tot mai grele cu fiecare treaptă. Intrarea era foarte aproape de staţie, dar eu nu ştiam asta. Când am trecut de grilaj, mi-am zis că nu pot să mă duc cu mâinile goale. Am intrat în florăria cea mai apropiată, din multele din acel loc.

— Aş vrea nişte flori.

— Aţi nimerit unde trebuie! mi-a răspuns florăreasa zâmbind. Pentru o ocazie specială?

— Pentru acolo, am zis arătând cimitirul.

— Doriți ceva clasic?

— Dați-mi doi trandafiri, o să fie de ajuns.

Uluită, s-a îndreptat spre florile tăiate.

— Pe cei albi, am zis. Nu-i ambalați, îi iau așa.

— Dar...

— Cât costă?

Am lăsat o bancnotă, i-am smuls trandafirii din mână și am ieșit în grabă. Cursa mea nebună s-a oprit pe pietrișul aleii principale. M-am răsucit, m-am uitat în toate părțile. Unde erau? Am ieșit și m-am prăbușit la pământ. Înfrigurată, am format numărul de la cafenea.

— Oamenii fericiți trag la măsea și umblă cu capu-n nori, ascult.

— Félix, am șoptit.

— S-a-ntâmplat ceva?

— Nu știu unde sunt, îți dai seama? Nu sunt în stare să mă duc la ei.

— La cine vrei să te duci? Nu înțeleg nimic. Unde ești? De ce plângi?

— Vreau să-i văd pe Colin și pe Clara.

— Ești... ești la cimitir?

— Da.

— Nu te mișca de-acolo, vin imediat.

Nu fusesem decât o singură dată la cimitir, în ziua înmormântării. Refuzasem sistematic să mă mai întorc acolo.

După ce am fugit de la spital, în ziua morții lor, nu am mai pus piciorul în acel loc. Sub privirile îngrozite ale părinților mei și ale celor ai lui Colin, am anunțat că nu voi asista la pregătirile pentru înmormântare. Socrii mei au plecat trântind uşa.

— Diane, eşti complet nebună! a exclamat mama.

— Mamă, nu pot să asist, e prea greu. Dacă îi văd dispărând în nişte cutii, asta o să însemne că s-a sfârşit.

— Colin şi Clara au murit, mi-a răspuns. Trebuie să accepți acest lucru.

— Taci! Şi n-am să vin la înmormântare, nu vreau să-i văd plecând.

Am început din nou să plâng şi le-am întors spatele.

— Poftim? a spus tata.

— Este datoria ta, a adăugat mama. Ai să vii şi n-ai să faci scene.

— Datorie? Îmi vorbiți de datorie? Puțin îmi pasă de datorie.

M-am întors cu iuțeală spre ei. Furia luase locul durerii.

— Ei bine, da, ai nişte responsabilități şi ai să ți le asumi, mi-a răspuns tata.

— Puțin vă pasă de Colin, de Clara sau de mine. Tot ce contează sunt aparențele. Să dăm imaginea unei familii îndurerate.

— Dar asta şi suntem, mi-a răspuns tata.

— Ba nu! Singura familie pe care am cunoscut-o, singura şi adevărata mea familie tocmai am pierdut-o.

Mă sufocam, pieptul îmi tresălta. Nu-mi luasem ochii de la ei. Chipurile li s-au descompus o scurtă clipă. Am căutat un semn de tristețe, n-am găsit nimic. Înfățişarea lor era neclintită.

— Nu poți să ne vorbeşti pe tonul ăsta, suntem părinții tăi, mi-a răspuns tata.

— Afară! am urlat, arătând cu degetul spre uşă. Cărați-vă din casa mea!

Tata s-a îndreptat spre mama, a prins-o de braț și au pornit către ușă.

— Să fii gata la timp, o să venim să te luăm, mi-a spus ea înainte să dispară.

Au venit, mecanic și riguros ca niște ceasuri elvețiene. Nu auziseră nimic din ce le spusesem.

În starea de epuizare în care mă aflam, n-am avut puterea să lupt. Fără nicio urmă de blândețe, mama m-a forțat să mă îmbrac, tata m-a împins în mașină. În fața bisericii, i-am dat la o parte ca să mă arunc în brațele lui Félix. Din momentul acela, nu i-am mai dat drumul. Când convoiul mortuar a ajuns, mi-am ascuns fața la pieptul lui. Cât a ținut ceremonia, mi-a vorbit la ureche, mi-a povestit ultimele zile, cum a ales ultimele lor haine; materialul din care era făcută rochia Clarei, jucăria pe care a așezat-o lângă ea; griul cravatei lui Colin, ceasul pe care i l-a pus la mână, cel pe care i-l dăruisem eu la împlinirea a treizeci de ani. Cu Félix am făcut drumul până la cimitir. Am rămas mai în urmă până când părinții mei s-au apropiat de noi. Mi-au întins câteva flori și tata a zis:

— Félix, ajut-o să se ducă acolo. Trebuie s-o facă. Nu e momentul pentru scene.

Mâna lui Félix a strâns-o pe-a mea; a smuls florile din mâinile mamei mele.

— Nu o face pentru părinții tăi, fă-o pentru tine, pentru Colin și pentru Clara.

Am aruncat florile în groapă.

— M-am grăbit cât am putut, mi-a spus Félix când a ajuns. Lasă trandafirii, te rănești.

S-a lăsat pe vine în fața mea, mi-a desfăcut degetele unul câte unul și a luat trandafirii, punându-i apoi jos. Mâinile îmi sângerau, nu simțisem înțepătura spinilor.

Şi-a trecut un braţ pe după mijlocul meu şi m-a ajutat să mă ridic în picioare.

Am mers prin cimitir până la o cişmea. Fără un cuvânt, m-a spălat pe mâini. A luat o stropitoare şi a umplut-o. M-a târât după el, mergea fără să ezite. Mi-a dat drumul şi a început să cureţe un mormânt, mormântul lor, mormântul acela pe care îl vedeam pentru prima dată. Ochii mei priveau fiecare detaliu, culoarea marmurii, caligrafia numelor lor. Colin trăise treizeci şi trei de ani, iar Clara nu apucase să-şi serbeze a şasea aniversare. Félix mi-a dat cei doi trandafiri.

— Vorbeşte-le.

Am pus neînsemnatul meu cadou pe mormânt şi am îngenuncheat.

— Hei, dragii mei... iertaţi-mă... nu ştiu ce să vă spun...

Vocea mi s-a frânt. Mi-am ascuns faţa în mâini. Mi-era frig. Mi-era cald. Mi-era rău.

— E atât de greu. Colin, de ce ai luat-o pe Clara cu tine? Nu aveai dreptul să pleci, nu aveai dreptul s-o iei. Sunt aşa de supărată pe tine că m-ai lăsat absolut singură; sunt pierdută. Ar fi trebuit să plec cu voi.

Cu dosul palmei mi-am şters lacrimile. Am oftat zgomotos.

— Nu-mi vine să cred că nu vă veţi mai întoarce niciodată. Îmi petrec viaţa aşteptându-vă. Acasă totul este pregătit pentru voi... mi se spune că asta nu-i normal. Aşa că am să plec. Îţi aminteşti, Colin, voiai să mergem în Irlanda, eu am spus nu, am fost o proastă... mă duc acolo pentru un timp. Nu ştiu unde sunteţi, dar am nevoie de voi, vegheaţi-mă, protejaţi-mă. Vă iubesc...

Preţ de câteva clipe am închis ochii. Apoi m-am ridicat cu dificultate, echilibrul meu era precar, capul mi se învârtea. Félix m-a ajutat să mă țin bine pe picioare. Am pornit spre ieşire fără să ne uităm înapoi şi fără un cuvânt. Înainte să coborâm la metrou, Félix m-a oprit.

— Ştii, până acum nu te-am crezut când spuneai că vrei să mergi mai departe, mi-a mărturisit. Dar ceea ce ai făcut astăzi îmi dovedeşte contrariul. Sunt mândru de tine.

Am aşteptat ajunul plecării mele ca să-mi sun părinții. După ce le comunicasem hotărârea mea, nu încetaseră să încerce să mă convingă să rămân. Îmi telefonaseră în fiecare zi, iar robotul funcționase de minune.

— Mamă, sunt Diane.

În fundal era zgomotul obişnuit al televizorului, cu volumul la maximum.

— Ce mai faci, draga mea?

— Sunt gata de plecare.

— Iar povestea asta! Dragule, e fiică-ta, tot vrea să plece.

Un scaun a scârțâit pe pardoseală şi tata a luat receptorul.

— Auzi, fetițo, vino să stai câteva zile cu noi, asta o să-ți bage mințile-n cap.

— Tată, nu are rost. Plec mâine. Încă n-ați înțeles că nu vreau să mai locuiesc cu voi. Sunt om în toată firea, am treizeci şi doi de ani, la vârsta asta nu mai locuieşti cu părinții.

— Tu n-ai ştiut niciodată să faci nimic singură. Ai nevoie de cineva să te îndrume, eşti incapabilă să duci un proiect până la capăt. Faptele vorbesc de la sine, ți-am plătit cafeneaua şi, dacă ai din ce trăi astăzi şi din ce-ți plăti capriciul, este pentru că a fost Colin prevăzător. Acum sincer, să pleci în străinătate e mult peste posibilitățile tale.

— Mulțumesc, tată, nu știam că sunt o povară pentru voi. Cu astfel de cuvinte am s-o scot la capăt.

— Dă-mi-o mie, tu o întărâți, a spus mama în spatele lui. Scumpo, tatăl tău e lipsit de tact, dar are dreptate, ești inconștientă. Dacă măcar ar veni Félix cu tine, am fi mai liniștiți, chiar dacă el nu este tocmai persoana ideală care să se ocupe de tine. Ascultă, te-am lăsat în pace până acum, am crezut că o să-ți fie mai bine cu timpul. De ce nu te duci la psihiatrul despre care ți-am vorbit? Ți-ar face bine.

— Mamă, ajunge. Nu am nevoie de psihiatru, nu vreau să locuiesc cu voi și nu vreau să vină Félix cu mine. Vreau liniște, înțelegeți, vreau să fiu singură, m-am săturat să fiu supravegheată. Dacă vreți să mă găsiți, îmi știți numărul de mobil. Și, mai ales, nu-mi urați drum bun.

Cu ochii larg deschiși, mă uitam în tavan. Așteptam să sune ceasul. Nu închisesem ochii toată noaptea și faptul că le trântisem telefonul în nas părinților mei nu avea nicio legătură cu insomnia mea. Peste câteva ore aveam să urc într-un avion către Irlanda. Tocmai am petrecut ultima noapte în apartamentul nostru, în patul nostru.

O ultimă oară m-am ghemuit pe locul lui Colin, cu fața în perna lui, mi-am frecat nasul de jucăria de pluș a Clarei, lacrimile mele le-au udat. S-a auzit bipul și, ca un automat, m-am sculat.

În baie, am dezvelit oglinda și m-am văzut pentru prima oară după luni de zile. Pierdută în cămașa lui Colin. Mi-am văzut degetele descheind fiecare nasture, am dezgolit un umăr, apoi pe celălalt. Materialul a alunecat pe corpul meu și mi-a căzut la picioare. Mi-am spălat părul o ultimă oară cu șamponul Clarei. Când am ieșit de sub duș, am evitat să mă uit la cămașa de pe jos. M-am îmbrăcat ca Diane, cu blugi, un tricou fără mâneci și un pulover strâns pe corp. Am avut senzația că mă sufoc, m-am luptat să țin puloverul pe mine, am luat hanoracul cu glugă al lui Colin, l-am îmbrăcat și am respirat din nou. Îl purtam deja dinainte de moartea lui, îmi acordam încă acest drept.

O privire spre ceas mi-a arătat că îmi mai rămânea puțin timp. Cu o cafea în mână și o țigară între buze, am ales câteva fotografii la întâmplare și le-am băgat în geantă.

Așteptam pe canapea ora plecării, mișcându-mi nervoasă degetele; degetul mic mi-a atins verigheta. În Irlanda aveam să întâlnesc oameni, care vor vedea că sunt măritată, mă vor întreba unde este soțul meu și nu voi fi în stare să le răspund. Trebuia s-o ascund, fără să mă despart de ea. Am desfăcut lănțișorul pe care îl purtam la gât, am agățat verigheta pe el și am pus-o la adăpost de priviri, sub pulover.

Două țârâituri ale soneriei au spart tăcerea. S-a deschis ușa și a intrat Félix. Fără o vorbă, și-a ațintit privirea într-a mea. Chipul său purta semnele exceselor din timpul nopții. Ochii îi erau roșii și umflați. Duhnea a alcool și a tutun. Nu era nevoie să vorbească pentru a ști că vocea îi era răgușită. A început să-mi scoată valizele. Numeroase. Am făcut turul apartamentului, am stins toate luminile, am închis toate ușile. Mâna mi s-a crispat pe clanța ușii de la intrare în momentul în care am închis-o. Singurul sunet perceptibil a fost cel al încuietorii.

Trei

Stăteam în fața mașinii închiriate, cu valizele la picioare, brațele moi, cheile în mână. Rafalele de vânt măturau parcarea, făcându-mă să-mi pierd echilibrul.

După ce am coborât din avion, am avut impresia că plutesc. Am urmat în mod mecanic ceilalți pasageri până la banda rulantă ca să-mi recuperez bagajele. Apoi, puțin mai târziu, la cel de la care am închiriat mașina, am reușit să-mi înțeleg interlocutorul — în ciuda accentului său să-l tai cu cuțitul — și să semnez contractul.

Dar acolo, în fața mașinii, înfrigurată, frântă de oboseală, extenuată, mă întrebam în ce încurcătură mă băgasem cu ochii închiși. N-aveam de ales, voiam să fiu la casa mea și casa mea de acum încolo era în Mulranny.

A trebuit să încerc de mai multe ori până când am reușit să-mi aprind o țigară. Vântul tăios nu se domolea niciodată, deja începea să mă calce pe nervi. A fost cel mai rău când mi-am dat seama că fuma țigara în locul meu. Până la urmă am aprins alta, înainte să încarc bagajele. În trecere, mi-a luat foc o șuviță de păr care mă lovise peste față după o rafală de vânt.

Un autocolant pe parbriz mi-a amintit că aici șofatul se face pe stânga. Am băgat cheile în contact, schimbătorul în viteza întâi și mașina s-a blocat. A doua și a treia tentativă de a demara s-au soldat tot cu un eșec. Dădusem peste o mașină stricată. M-am îndreptat spre o gheretă unde erau cinci namile. Cu zâmbetul pe buze, asistaseră la scenă.

— Vreau să mi se schimbe mașina, nu merge, le-am spus ofuscată.

— Bună ziua, mi-a răspuns cel mai în vârstă, fără să renunțe la zâmbet. Ce s-a întâmplat?

— Habar n-am, nu vrea să pornească.

— Haideți, băieți, s-o ajutăm pe domniță.

Impresionată de statura lor, m-am dat înapoi când au ieșit. „Rugbiști mâncători de oi" spusese Félix. Nu se înșelase. M-au însoțit până la mașină. Am făcut o nouă tentativă nereușită de a porni. Mașina s-a blocat încă o dată.

— Greșiți viteza, mi-a spus vesel unul dintre uriași.

— Ba nu... în niciun caz, știu să conduc.

— Treceți într-a cincea, a cincea după sistemul dumneavoastră, și o să vedeți.

Acum mă privea serios. I-am urmat sfatul. Mașina a pornit.

— Totul este invers la noi. Șofatul, volanul, vitezele.

— Acum merge? m-a întrebat altul.

— Da, mulțumesc.

— Unde mergeți?

— La Mulranny.

— Nu este prea aproape. Aveți grijă de dumneavoastră și fiți atentă la sensurile giratorii.

— Mulțumesc mult.

— A fost o plăcere. La revedere, drum bun.

Mi-au făcut semn cu capul şi mi-au zâmbit din nou. De când tipii care se ocupă de maşinile de închiriat sunt amabili şi serviabili?

Eram la jumătatea drumului şi începeam vag să mă relaxez. Trecusem cu succes de proba autostrăzii şi a primului sens giratoriu. Pe traseu, nimic altceva de semnalat decât oi şi câmpuri verzi fluorescente. Cât vedeai cu ochii. Nicio întrerupere de trafic, nici urmă de ploaie la orizont.

Despărţirea de Félix îmi venea mereu în minte. Nu schimbaserăm niciun cuvânt de la mine de-acasă până la aeroport. Fumase ţigară după ţigară fără să-mi adreseze o privire. Nu-şi descleştase dinţii decât în ultimul moment. Eram unul în faţa celuilalt, privindu-ne, ezitând.

— O să ai grijă de tine? m-a întrebat el.

— Stai liniştit.

— Încă poţi să renunţi, nu eşti obligată să pleci.

— Nu face lucrurile şi mai complicate. E timpul, trebuie să urc în avion.

Nu suportasem niciodată despărţirile. Aceasta fusese şi mai grea decât aş fi crezut. M-am ghemuit în el, a întârziat câteva clipe înainte să reacţioneze şi să mă strângă în braţe.

— Ai grijă de tine, să nu faci prostii, l-am sfătuit. Promiţi?

— Mai vedem. Du-te!

Mi-a dat drumul, am luat geanta şi am pornit către controlul de securitate. Am schiţat un gest cu mâna. Apoi am dat paşaportul. Am simţit privirea lui Félix apăsându-mă în timpul formalităţilor. Dar nu m-am întors nici măcar o dată.

Ajunsesem. Eram la Mulranny. În fața căsuței peste ale cărei fotografii din anunț abia aruncasem privirea. Fusesem nevoită să străbat tot satul și s-o iau pe drumul haotic de pe plajă ca să ajung la capătul periplului meu.

Aveam vecini, o altă casă alături de a mea. O femeie micuță a venit spre mine și m-a salutat. M-am forțat să zâmbesc.

— Bună, Diane, eu sunt Abby, proprietara. Ai călătorit bine?

— Încântată să vă cunosc.

Ea s-a uitat amuzată la mâna mea înainte să mi-o strângă.

— Știi, aici toată lumea se cunoaște. Și nu ești la un interviu de angajare. Pe mine să nu mă iei cu „doamnă". Chiar când vrei să te arăți respectuoasă sau bine educată, s-a înțeles?

M-a poftit să intru în ceea ce curând avea să fie casa mea. Am descoperit un interior aranjat, primitor.

Abby nu înceta să vorbească; nu ascultam nici jumătate din ce zicea, zâmbeam prostește și dădeam din cap în chip de răspuns. Am avut parte de o descriere a întregului ansamblu al bucătăriei, a canalelor de televiziune prin cablu, a orarului mareelor, fără să uite de cel al slujbelor. Aici am întrerupt-o.

— Nu cred că am nevoie de el, sunt supărată pe Biserică.

— Atunci avem o problemă serioasă, Diane. Ar fi trebuit să te informezi înainte să vii aici. Noi ne-am bătut pentru independența și religia noastră. Trăiești de-acum printre irlandezi catolici și mândri de a fi astfel.

Începea bine.

— Abby, îmi pare rău, eu...

Ea a izbucnit în râs.

— Liniştește-te, pentru numele lui Dumnezeu! Era o glumă. Face parte din obiceiurile mele. Nimic nu te obligă să mă însoţeşti duminică dimineaţă la slujbă. În schimb, îţi dau un mic sfat, să nu uiţi niciodată că nu suntem englezi.

— O să ţin minte.

Şi-a reluat cu sârg vizita de informare. La etaj, baia şi camera mea. Puteam să mă întind de-a curmezişul în pat, era de dimensiuni duble. Lucru normal în ţara uriaşilor.

— Abby, am întrerupt-o, mulţumesc, totul e perfect. N-o să-mi lipsească nimic.

— Iartă-mi entuziasmul, dar sunt atât de fericită că locuieşte cineva în casă peste iarnă, te aşteptam cu nerăbdare. Te las să te instalezi.

Am însoţit-o până la uşă. S-a suit pe bicicletă şi s-a întors spre mine.

— Vino să bei o cafea cu noi, ai să-l cunoşti pe Jack.

În prima mea noapte, în semn de bun venit, natura s-a dezlănţuit. Vântul bătea, ploaia lovea în ferestre, acoperişul scârţâia. Imposibil să dorm, în ciuda oboselii şi a patului confortabil. Mă gândeam la ziua aceea.

Să-mi golesc maşina a fost şi mai greu decât s-o încarc, valizele mele erau risipite prin tot livingul. Eram gata să mă dezumflu când mi-am dat seama că nu aveam nimic de mâncare. Am dat năvală în mica bucătărie. Dulapurile şi frigiderul erau pline. Probabil Abby îmi spusese şi eu nici măcar nu i-am mulţumit. Ce ruşine. Ce urât din partea mea. Voi avea ocazia s-o întâlnesc într-una din zile ca să mă scuz. Aşa cum îmi spusese ea, Mulranny era într-adevăr minuscul: o stradă principală, un mic magazin alimentar cu autoservire, o benzinărie şi un pub.

Nu riscam să mă rătăcesc şi nici să-mi golesc cardul prin magazine.

Primirea proprietarei mă lăsase cu gura căscată. Părea să se aştepte la o relație privilegiată, ceea ce nu aveam deloc prevăzut în program. Am refuzat cât am putut invitația ei, nu mă aflam acolo ca să țin companie unei perechi în vârstă, nu voiam să fac cunoştință cu nimeni.

Am stat mai mult de o săptămână fără să ies din casă, căci aprovizionarea făcută de Abby şi rezerva de pachete de țigări îmi îngăduiseră să supraviețuiesc. Folosisem acest timp şi ca să-mi aranjez lucrurile. Era greu să mă simt ca la mine acasă, nimic nu îmi amintea de viața mea de dinainte. Noaptea nu era luminată de lampadare, nici animată de zgomote citadine. Când vântul slăbea, tăcerea devenea apăsătoare. Visasem că vecinii mei (încă absenți) dădeau mare petrecere pe post de cântec de leagăn. Mirosurile persistente de flori uscate nu aveau nimic de-a face cu cel al parchetului ceruit din apartamentul nostru, iar anonimatul din buticurile pariziene era în mod cert foarte departe.

Am început să regret că n-am ieşit mai devreme, poate aş fi evitat toate acele priviri ațintite spre mine când am intrat în băcănie. Nu era nevoie să ciulesc urechile. Necunoscuta, străina care eram, alimenta conversațiile. Clienții întorceau capul după mine, îmi trimiteau câte un zâmbet, un semn din cap. Unii îmi vorbeau. Răspundeam mormăind. Nu obişnuiam să salut persoanele pe care le întâlneam în magazine. Rătăceam printre raioane. Erau acolo de toate, alimente, haine, chiar şi suvenire pentru turişti. De altfel, eu trebuie să fi fost singura nebună care riscase să vină aici. Ca o constantă, oaia era peste tot, pe ceştile din porţelan, la raionul de măcelărie pentru rasol şi evident pe pulovere şi eşarfe. Aici, aceste mici animale erau crescute pentru hrană şi îmbrăcăminte. Ca în preistorie, mamuţii.

— Diane, mă bucur să te întâlnesc aici, mi-a spus Abby, pe care nu o văzusem venind.

— Bună, i-am răspuns tresărind.

— Aveam de gând să trec pe la tine astăzi. E totul în regulă?

— Da, mulţumesc.

— Găseşti ce vrei?

— Nu tocmai, nu găsesc tot ce caut.

— Adică baghetă şi brânză?

— Hm... eu...

— Hei, glumesc. Ai terminat?

— Cred că da.

— Vino cu mine, o să te prezint.

Cu un zâmbet strălucitor pe buze, m-a luat de braţ şi m-a dus la unul şi la altul. Nu vorbisem cu atâta lume de luni de zile. Amabilitatea lor era aproape deranjantă. După o jumătate de oră de mondenităţi, am reuşit în sfârşit să ajung la casă. Aş fi putut să mă izolez pentru cel puţin zece zile. Doar că eram obligată să ies, nu găsisem nicio scuză pentru a refuza invitaţia lui Abby, reuşisem doar să câştig câteva zile ca să mă pregătesc.

Era plăcut la proprietarii mei. Mă instalasem confortabil pe canapea, în faţa unui foc mare în şemineu, cu o ceaşcă de ceai fierbinte în mână.

Jack era un colos cu barbă albă. Calmul lui tempera exaltarea permanentă a soţiei sale. Cu un firesc năucitor şi-a pus o bere Guinness la ora patru după-amiază. *Rugbişti mâncători de oi şi băutori de bere neagră*, mi-am zis ca să completez descrierea lui Félix. Iar berea neagră m-a făcut imediat să mă gândesc la Colin.

Am reuşit totuşi să fac conversație. Pe care am îndreptat-o la început spre câinele lor, Postman Pat, care sărise pe mine când am sosit şi care după aceea nu s-a mai dezlipit de picioarele mele. Apoi am vorbit despre ploaie şi timp frumos — mă rog, mai mult despre ploaie — şi despre cât de confortabilă era casa. După care am început să obosesc.

— Sunteți de aici? i-am întrebat în cele din urmă.

— Da, dar am locuit în Dublin până când m-am pensionat, a răspuns Jack.

— Şi cu ce vă ocupați?

— Era medic, a intervenit Abby. Dar spune-ne mai bine ce faci tu, este mai interesant. Şi, mai ales, sunt curioasă să ştiu de ce ai venit să te îngropi aici.

Să mă îngrop, exact, răspunsul îl avea chiar în întrebare.

— Voiam să văd țara.

— Singură? Cum se face că o fată drăguță ca tine nu este însoțită?

— Las-o în pace, a certat-o Jack.

— Ar fi prea multe de explicat. Bun, trebuie să vă las.

M-am ridicat, mi-am luat haina, geanta şi am pornit spre uşă. Abby şi Jack m-au urmat. Am simțit că atmosfera se răcise. Postman Pat m-a făcut să mă împiedic de mai multe ori, a alergat afară imediat ce uşa s-a deschis.

— Nu cred că este prea odihnitor cu ditamai bebeluşul! le-am spus (şi m-am gândit atunci la Clara).

— O, slavă Domnului, nu este al nostru.

— Al cui este?

— Al lui Edward. Nepotul nostru. I-l ținem când lipsește.

— E vecinul tău, m-a informat Abby.

Eram dezamăgită. Ajunsesem să cred că locuința vecină va rămâne neocupată și asta îmi convenea. Nu aveam nevoie de vecini. Și-așa îi consideram pe proprietari cam prea aproape.

M-au însoțit până la mașină. Acolo, câinele a început să latre și să se agite. Un 4x4 negru, murdar de noroi, tocmai oprea în fața casei.

— Ia te uită, vorbești de lup, și lupul la ușă, a exclamat Jack.

— Așteaptă două minute, am să vă fac cunoștință, mi-a spus Abby ținându-mă de braț.

Nepotul în chestiune a coborât din mașină. Cu fața dură și aerul disprețuitor, nu mi-a inspirat niciun fel de simpatie. Jack și Abby s-au dus spre el. S-a rezemat de portieră cu brațele încrucișate. Cu cât îl priveam mai mult, cu atât îl găseam mai nesuferit. Nu zâmbea. Emana aroganță. Genul care petrece ore întregi în baie aranjându-și lookul de aventurier neglijent. Făcea pe inabordabilul.

— Edward, ai picat la țanc! i-a spus Abby.

— A, da? De ce?

— Era timpul s-o cunoști pe Diane.

A întors în sfârșit capul spre mine. Și-a dat jos ochelarii de soare — absolut inutili ținând cont de bruma de afară — și m-a studiat din cap până-n picioare. Am avut impresia că sunt o bucată de carne pe un galantar. Și, după privirea pe care mi-a adresat-o, nu părea să-i stârnesc pofta.

— Mda, nu, nu neapărat. Cine este? a întrebat el cu răceală.

M-am străduit să rămân politicoasă şi să mă apropii de el.

— Se pare că eşti vecinul meu.

Chipul i s-a făcut şi mai dur. S-a răsucit pe călcâie şi s-a adresat gazdelor mele, ignorându-mi prezența.

— V-am spus că nu vreau pe nimeni lângă casa mea. Pentru cât timp e aici?

L-am bătut pe spate ca şi cum aş fi bătut într-o uşă. Corpul i-a devenit țeapăn. S-a întors, eu nu am dat înapoi şi m-am ridicat pe vârful picioarelor.

— Să ştii că poți să mi te adresezi direct mie.

A ridicat o sprânceană, vizibil contrariat că îndrăznesc să-i vorbesc.

— Să nu suni la uşa mea, mi-a răspuns aruncându-mi o privire care făcea să-ți înghețe sângele în vene.

Fără alte gesturi, s-a întors, şi-a fluierat câinele şi a plecat spre fundul grădinii.

— Nu-ți face griji, mi-a spus Jack.

— Nu voia să închiriem casa şi nu am ținut cont de părerea lui. Este doar prost dispus, a continuat Abby.

— Ba nu, doar prost-crescut, am bombănit eu. Pe curând.

Nu puteam să plec, maşina îmi era blocată de cea a vecinului meu. Am apăsat fără întrerupere pe claxon. Abby şi Jack au izbucnit în râs înainte să intre în casă.

În oglinda retrovizoare, l-am văzut pe Edward întorcându-se. Mergea nepăsător, trăgând din țigară. A deschis portbagajul şi a urcat câinele. Încetineala lui mă exaspera, băteam cu degetele în volan. Dintr-o mişcare şi fără o privire către mine, şi-a aruncat mucul de țigară pe parbrizul meu. Când a demarat, pneurile au scrâşnit şi un val de apă murdară mi-a stropit maşina. Până să pun în funcţiune ştergătoarele, dispăruse. Josnic tip.

Trebuia să găsesc o metodă ca să evit să mă ud de fiecare dată când ieşeam să iau aer. Astăzi, eram mai hotărâtă ca niciodată. Prima rezoluţie, să renunţ la umbrelă, absolut inutilă, de vreme ce am stricat patru în patru zile. A doua rezoluţie, să nu mai am încredere în razele soarelui, care dispăreau la fel de repede cum apăreau. A treia şi ultima rezoluţie, să mă pregătesc să ies când plouă, pentru că, în timp ce îmi puneam cizmele, trei pulovere, paltonul şi o eşarfă, aversa putea să treacă şi reduceam riscul de a mă uda. Aveam să încerc atunci când voi avea chef.

Tehnica mea funcţiona. Asta mi-am spus în vreme ce mă aşezam pentru prima oară pe nisip ca să privesc marea. Întâmplarea mă adusese în locul potrivit, parcă eram singură pe lume. Am închis ochii, legănată de vuietul valurilor care se spărgeau la câţiva metri de mine. Vântul îmi biciuia pielea şi mă făcea să lăcrimez, plămânii mi se umpleau de oxigen iodat.

Deodată am fost trântită pe spate. Am deschis ochii şi l-am văzut pe Postman Pat care mă lingea pe faţă. Abia am reuşit să mă ridic. Am încercat cu chiu, cu vai să-mi scutur nisipul de pe haine, când câinele a şters-o la auzul unui fluierat.

Am ridicat capul. Edward era ceva mai departe. Trecuse cu siguranţă pe lângă mine, dar nu se oprise ca să mă salute. Nu era posibil să nu mă fi recunoscut. Şi oricum, când câinele tău sare pe cineva, minima politeţe te obligă să vii să-ţi ceri scuze. Am luat-o pe drumul de întoarcere, foarte hotărâtă să mă lupt. În josul potecii care ducea spre case, i-am văzut maşina întorcându-se spre sat. N-o să scape aşa ieftin.

Am urcat în maşină. Trebuia să-l găsesc pe acest mitocan şi să-i arăt cu cine avea de-a face. Foarte repede i-am reperat grămada de noroi parcată în fața pubului. Am oprit, am coborât din maşină şi am intrat în bar ca o furie. Am scrutat încăperea ca să-mi găsesc ținta. Toate privirile s-au întors spre mine. Mai puțin una.

Edward era totuşi acolo, aşezat la bar, singur, aplecat peste un ziar, cu o bere Guinness în mână. M-am dus glonț la el.

— Drept cine te crezi?

Nicio reacție.

— Uită-te la mine când îți vorbesc.

A întors pagina ziarului.

— Părinții tăi nu te-au învățat să te porți? Nu m-a tratat nimeni niciodată aşa, spre binele tău cere-ți scuze imediat!

Simțeam că mă înroşesc tot mai mult din cauza furiei. Dar el nu catadicsea să-şi ridice nasul din fițuică.

— Asta trebuie să înceteze acum! am zbierat smulgându-i-o din mână.

El a băut o înghițitură de bere, a pus la loc halba, a oftat adânc. Pumnul i s-a strâns până aproape i s-a văzut o venă. S-a ridicat şi şi-a înfipt privirea într-a mea. Mi-am spus că poate mersesem prea departe. A luat un pachet de țigări aflat pe bar şi s-a îndreptat spre colțul fumătorilor. În trecere, a strâns câteva mâini, fără să adauge vreun cuvânt sau vreun zâmbet.

Uşa de la terasă s-a trântit. Îmi ținusem respirația după ce se ridicase el. Tăcerea pusese stăpânire pe pub, toată populaţia masculină îşi dăduse întâlnire acolo şi asistase la scenă. M-am aşezat pe cel mai apropiat scaun. Trebuia să-i dea cineva într-o zi o lecţie. Barmanul a ridicat din umeri aruncându-mi o privire.

— Un espresso, vă rog, i-am cerut.

— N-avem aşa ceva aici.

— N-aveţi cafea?

— Ba da.

Trebuia să-mi mai lucrez accentul.

— Bine, atunci o cafea, vă rog.

A zâmbit şi s-a dus într-un colţ din spatele barului. A pus în faţa mea o cană plină cu cafea la filtru şi... deschisă la culoare. S-a zis cu cafeluţa mea neagră băută la bar. Nu înţelegeam de ce barmanul nu se mişca din faţa mea.

— O să vă uitaţi la mine cât îmi beau cafeaua?

— Vreau doar să fiu plătit.

— Nu vă faceţi griji, n-aveam de gând să plec fără să plătesc.

— Aici se plăteşte înainte. Serviciu englezesc.

— OK, OK.

I-am dat o bancnotă, el mi-a dat amabil restul. Cu riscul să mă ard, am înghiţit la repezeală cafeaua şi am plecat. Ce ţară ciudată, în care oamenii erau toţi amabili şi primitori, cu excepţia acelui bădăran de Edward, dar în care erai obligat să plăteşti dinainte consumaţia. La Paris, acest fermecător barman ar fi fost pus la locul lui cât ai clipi. Numai că, în Franţa, acelaşi barman nu ar fi fost amabil, n-ar fi scos un cuvânt, cât despre a schiţa un zâmbet, nici în vise.

Îmi regăsisem reperele. Nu mă mai îmbrăcam, mâncam orice, oricând. Dormeam o bună parte din zi. Dacă somnul nu venea, rămâneam în pat să privesc cerul şi norii, la căldură sub plapumă. Râdeam de prostiile de la televizor, care deveneau cinema mut când se dădea ceva în gaelică. Le vorbeam lui Colin şi Clarei uitându-mă la fotografiile lor. Trăiam ca acasă la noi, la Paris, dar fără Félix. Cu toate acestea, uşurarea atât de aşteptată nu venea. Nicio greutate mai puțin în piept, niciun sentiment de eliberare. Nu aveam chef de nimic, nu mai reuşeam nici să plâng. Timpul trecea şi zilele mi se păreau din ce în ce mai lungi.

În dimineața aceea, în loc să rămân în pat, am hotărât să instalez fotoliul cel mare cu fața spre plajă. După zile întregi de privit cerul, aveam de gând să mă distrez privind marea. Mi-am făcut rezerve de cafea şi de țigări, m-am înfăşurat într-o pătură şi mi-am pus o pernă sub cap.

Atenția mi-a fost atrasă de nişte lătraturi. Edward şi câinele lui plecau. Era prima oară când îmi vedeam vecinul după episodul din pub. Avea o geantă mare pe umăr. Ca să văd mai bine ce face, am apropiat fotoliul de fereastră. A luat-o spre plajă. Părul lui negru era şi mai ciufulit decât data trecută.

A dispărut din raza vederii mele când a trecut prin spatele unei stânci. A reapărut o jumătate de oră mai târziu, a pus geanta jos şi a căutat în ea. Mi-ar fi trebuit un binoclu ca să văd ce face. S-a lăsat jos, nu-i vedeam decât spatele. A rămas în această poziție mult timp.

Burta mea a chiorăit, ceea ce mi-a amintit că nu mâncasem nimic din ajun. M-am dus la bucătărie să-mi fac un sendviş. Când m-am întors în cameră, Edward dispăruse. Singura mea ocupație din ziua aceea tocmai se sfârşise. M-am prăvălit în fotoliu şi mi-am mâncat sendvişul fără poftă.

Orele treceau, eu nu mă mişcam. Simţurile mi s-au trezit când am văzut stingându-se lumina acasă la Edward. A ieşit în fugă şi şi-a reluat acelaşi loc ca de dimineaţă. Mi-am pus pătura pe umeri şi am ieşit la rândul meu pe terasă ca să-l văd mai bine. Am observat că ţinea un obiect în mână. Când l-a dus la înălţimea feţei, am crezut că recunosc un aparat de fotografiat.

Edward a rămas acolo o oră întreagă. Se lăsase noaptea când s-a întors de pe plajă. Am avut timp doar cât să mă las în jos ca să nu mă vadă. Am aşteptat câteva minute înainte să intru în casă.

Vecinul meu era fotograf. De opt zile, preocupările mele se mulau după ale lui. Ieşea în diferite momente, întotdeauna cu un aparat de fotografiat în mână. Străbătea tot golful Mulranny. Putea să rămână nemişcat timp de ore întregi, nu reacţiona nici la ploaia, nici la vântul care uneori se abăteau asupra lui.

Mulţumită investigaţiilor mele, aflasem o grămadă de lucruri. Era şi mai dependent de tutun decât mine, tot timpul avea o ţigară între buze. Înfăţişarea lui din ziua în care ne-am întâlnit nu avea nimic excepţional, el era mereu nearanjat. Nu vorbea niciodată cu nimeni, nu primea nicio vizită. Nu-l văzusem niciodată întorcând capul în direcţia mea. În concluzie, tipul nu era altceva decât un egocentric. Nu-i păsa de nimic şi de nimeni, în afară de fotografiile sale — mereu acelaşi val, mereu acelaşi nisip. Era foarte previzibil, nu era nevoie să-l caut prea mult timp. În funcţie de oră, era la o stâncă sau la alta.

Într-o dimineață, nu m-am mai uitat pe fereastră ca să verific dacă era acolo. Dar cu cât trecea timpul, cu atât găseam mai ciudat că nu auzeam nici măcar lătratul câinelui, care îl urma peste tot. Spre marea mea surpriză, am văzut că mașina lui lipsea. Deodată, m-am gândit la Félix, nu-l sunasem de când sosisem și trecuse o lună și jumătate de atunci, era momentul s-o fac. Am luat mobilul și i-am selectat numărul din agendă.

— Félix, sunt Diane, am zis când a răspuns.

— Nu cunosc.

Mi-a închis telefonul în nas. Am sunat din nou.

— Félix, nu închide.

— Ți-ai adus în sfârșit aminte de mine?

— Sunt vinovată, știu. Iartă-mă.

— Când te întorci?

— Nu mă întorc, mai rămân în Irlanda.

— Îți priește noua ta viață?

I-am povestit că proprietarii sunt fermecători, că luasem masa de mai multe ori la ei acasă, că toți locuitorii mă primiseră cu brațele deschise, că mă duceam în mod regulat să beau la pub. Zgomotul unui motor mi-a tăiat elanul.

— Diane, mai ești acolo?

— Da, da, două minute, te rog.

— Ai musafiri?

— Nu, e vecinul meu care se întoarce acasă.

— Ai un vecin?

— Da, și m-aș lipsi bucuroasă de el.

Am început să-i turui despre Edward.

— Diane, vrei să-ți tragi sufletul?

— Scuză-mă, dar așa mă calcă pe nervi tipul ăsta! Și la tine, ce mai e nou?

— E destulă linişte, în acest moment, nu deschid cafeneaua decât după-masa şi nu-i rău, banii vin cât de cât. Am organizat o seară despre marii depravaţi din literatură.

— Exagerezi.

— Pot să-ţi garantez că, dacă scrie cineva o carte despre mine, iau premiu. De când ai plecat, am mai mult timp şi trec printr-o perioadă fastă, serile mele sunt halucinante şi nopţile, toride. Urechiuşele tale caste n-ar suporta să-ţi povestesc.

După ce am închis, am constatat trei lucruri. Félix nu se va schimba niciodată, mi-era dor de el, iar vecinul nu-mi merita atenţia. Am tras perdelele cu o mişcare bruscă.

M-am scuturat şi am încercat să-mi reiau lectura. Dar în după-amiaza aceea, relaxarea nu venea. Nu ştiam dacă era din cauza ambianţei terifiante a romanului poliţist al lui Arnaldur Indridason, în citirea căruia eram cufundată, sau a curentului de aer rece pe care îl simţeam în spate. Mâinile îmi erau îngheţate. Casa era şi mai tăcută ca de obicei. M-am sculat, mi-am frecat braţele şi m-am oprit o clipă în faţa uşii cu geam; era vreme urâtă. Nori groşi acopereau cerul, noaptea avea să cadă în curând în această seară. Regretam că nu ştiu să fac foc în cămin. Când am pus mâna pe calorifer, am fost surprinsă de temperatura sa. Aveam să îngheţ de frig dacă încălzirea era în pană. Am vrut să aprind lumina. Primul bec s-a încăpăţânat să rămână stins. Am apăsat pe alt întrerupător, fără niciun rezultat. Am apăsat pe toate întrerupătoarele. Nu era curent. Întuneric total. Şi eu înăuntru. Cu desăvârşire singură.

Oricât m-ar fi costat, trebuia să bat la ușa lui Edward. Începuse să mă doară mâna de cât bătusem. M-am dat înapoi ca să încerc să mă uit pe o fereastră. Dacă mai rămâneam singură un minut, aveam să înnebunesc. Am auzit niște zgomote ciudate în spate și mi s-a făcut frică.

— Pot să știu ce faci? a întrebat cineva în spatele meu.

M-am întors dintr-o mișcare. Edward mă domina cu toată înălțimea lui. M-am dat într-o parte ca să fug de el. Frica mea a devenit absolut irațională.

— Am făcut o greșeală... eu... eu...

— Tu ce?

— N-ar fi trebuit să vin. N-am să te mai deranjez. Fără să-mi iau ochii de la el, am continuat să merg cu spatele.

Călcâiul mi s-a lovit de o piatră, m-am pomenit cu picioarele în sus și fundul în noroi. Edward s-a apropiat de mine. Părea furios, dar mi-a întins mâna.

— Nu mă atinge.

S-a oprit, a ridicat o sprânceană.

— Trebuia să dau tocmai peste o franțuzoaică țicnită.

M-am așezat în patru labe ca să mă ridic. Am auzit râsul răutăcios al lui Edward. Am alergat spre casa mea și am încuiat ușa de două ori. Apoi m-am refugiat în pat.

În ciuda plăpumilor și a puloverelor, dârdâiam. Îmi strângeam verigheta în mâini. Era o noapte adâncă. Mi-era frică. Suspinele îmi făceau respirația greoaie. Eram ghemuită cu totul. Spatele mă durea din cauză că îl încordam ca să combat frisoanele. Am mușcat perna ca să nu urlu.

Am dormit cu întreruperi. Curentul nu a revenit în mod miraculos peste noapte. Am făcut apel la singura persoană care putea să mă ajute, fie și prin telefon.

— Drăcie, oamenii mai şi dorm, a bombănit Félix când l-am sunat pentru a doua oară într-o zi.

— Iartă-mă, i-am spus, începând din nou să plâng.

— Ce-ai păţit?

— Mi-e frig, stau pe întuneric.

— Poftim?

— Nu am curent electric de ieri după-amiază.

— N-ai găsit pe nimeni să te-ajute?

— M-am dus la vecin, dar n-am îndrăznit să-l deranjez.

— De ce?

— M-am gândit să nu fie un criminal în serie.

— Ai fumat lână de oaie?

— N-am curent electric, ajută-mă.

— Ai verificat dacă n-au sărit siguranţele?

— Nu.

— Du-te să vezi.

L-am ascultat pe Félix. Cu mobilul lipit de ureche am făcut ce mi-a zis. Toate luminile s-au aprins, toate aparatele au pornit.

— Ei? a întrebat el.

— E bine, mulţumesc.

— Eşti sigură că eşti bine?

— Da, continuă-ţi somnul, îmi pare sincer rău.

Am închis fără să mai aştept. M-am prăbuşit la pământ. Hotărât lucru, eram incapabilă să rezolv până şi cea mai mică problemă fără ajutorul cuiva, părinţii mei avuseseră dreptate. Îmi venea să-mi dau palme.

Patru

Uitasem cum este să asculți muzică atât de tare, că îți explodează timpanele. Ezitasem mult timp înainte să pun în funcțiune canalul hi-fi. A existat totuşi o epocă în care acest lucru era un reflex. Văzusem canalul, mă învârtisem în jurul lui.

Incidentul cu tabloul electric dăduse peste cap ordinea lucrurilor. Am devenit mai dură cu mine, ieşeam mai des din casă, mă duceam să mă plimb o oră pe plajă, încercam să nu lâncezesc în pijama toată ziua. Făceam totul ca să mă reintegrez în lumea celor vii şi să nu mai plutesc în deliruri paranoice. Într-o dimineață, am fost surprinsă să mă simt mai puțin tristă când m-am trezit, aveam chef de muzică şi mi-am urmat impulsul. Bineînțeles, am plâns, euforia nu a durat.

A doua zi am luat-o de la capăt. Nu m-am putut reține să nu mă mişc în ritm. Îmi reluam vechile obiceiuri. Dansam ca o furie singură în cameră. Singura deosebire, aici în Mulranny, era că nu aveam nevoie de căşti la urechi, mă dezlănțuiam cu bucurie, başii bubuiau.

„The dog days are over, the dog days are done. Can you hear the horses? Cause here they come.“ Împărțeam scena

cu Florence and the Machine. Cunoşteam acest cântec pe dinafară, nu-mi scăpase niciodată niciun acord. Mă contorsionam, o peliculă fină de transpiraţie îmi acoperea pielea, coada de cal îmi zbura în toate părţile şi obrajii mi se înroşiseră. Deodată, o bătaie nu s-a mai potrivit cu ritmul. Am micşorat volumul şi am auzit acelaşi sunet. Cu telecomanda în mână, m-am apropiat de uşa de la intrare, care tremura. Am numărat până la trei înainte să deschid.

— Bună, Edward, ce pot să fac pentru tine? l-am întrebat cu cel mai frumos zâmbet al meu.

— Dă mai încet muzica aia de rahat!

— Nu apreciezi rockul englezesc? Compatrioţii tăi...

A lovit cu pumnul în perete.

— Eu nu sunt englez.

— E clar, n-ai morga lor legendară.

Am continuat să-i zâmbesc cu gura până la urechi. A strâns pumnii, i-a desfăcut, a închis ochii, a respirat adânc.

— Tu te ţii după mine, a spus cu vocea lui aspră.

— Ba chiar nu. Eşti aproape contrariul a ceea ce vreau.

— Nu fi aşa sigură.

— O, mi-e frică.

A împuns cu degetul spre mine, cu fălcile strânse.

— Nu-ţi cer decât un lucru, dă volumul mai încet. Îmi face să vibreze camera obscură şi asta mă deranjează.

Am izbucnit în râs.

— Chiar eşti fotograf?

— Ce te interesează?

— O, nimic. Dar ce nepriceput trebuie să fii!

Dacă aş fi fost bărbat, mi-ar fi lipit o palmă. Am continuat.

— Fotografia este o artă, care cere un minimum de sensibilitate. Or, tu eşti total lipsit de aşa ceva. În concluzie, nu eşti făcut pentru această meserie. Bun, ascultă, mi-a făcut multă plăcere să discut cu tine... nu, glumesc, aşa că, scuză-mă, am altceva mai bun de făcut.

L-am sfidat cu privirea, am îndreptat telecomanda spre televizor şi am dat volumul la maximum. *„Happiness hit her like a bullet in the head. Struck from a great heigh by someone who should know better than that. The dog days are over, the dog days are done"*, am zbierat. Am țopăit sub ochii lui înainte să-i trântesc uşa în nas.

Exultam dansând şi cântând cât mă țineau puterile. Ce bine era că îi închisesem gura! Aveam chef să continui să mă amuz şi să termin lucrul început, ca să-i stric ziua. Era exact genul de tip care se duce să bea un pahar ca să se calmeze.

Spre deosebire de prima dată, am intrat în pub într-un mod civilizat. Am salutat clienții cu un gest al mâinii însoțit de un zâmbet. Am cerut un pahar cu vin roşu şi am plătit consumația pe loc, înainte să mă aşez la o distanță respectabilă de vecinul meu.

Era şi mai posac decât de obicei, probabil că într-adevăr îl călcasem pe nervi. Se juca cu bricheta, cu fălcile încleştate; şi-a băut berea dintr-o răsuflare înainte să comande alta cu un simplu gest al capului. Şi-a înfipt privirea într-a mea. Am ridicat paharul spre el şi am băut o înghițitură. M-am stăpânit să nu scuip. Vinul ăla, dacă merita să fie numit vin, era de nebăut. Pe lângă el, o poşircă în sticlă de plastic ar fi fost recomandată de orice somelier. Ce crezusem? Că am să găsesc un vin de soi în acest sătuc irlandez, unde nu se bea decât bere Guinness şi whisky? Dar asta nu m-a împiedicat să continui să-l sfidez pe Edward din priviri.

Acest joc a ţinut vreo jumătate de oră. L-am câştigat în cele din urmă, când el s-a ridicat şi a plecat. Câştigasem o bătălie, făcusem ceva în ziua aceea.

Am aşteptat câteva minute înainte să plec şi eu. Căzuse noaptea, mi-am ridicat gulerul paltonului. Era sfârşitul lui octombrie şi primele semne ale iernii se făceau tot mai simţite.

— Exact cum mă gândeam, a spus o voce aspră.

Edward mă aştepta lângă maşina mea. Era de un calm neliniştitor.

— Credeam că te-ai întors acasă la tine. N-ai fotografii de developat?

— M-ai făcut să stric un film întreg astăzi, aşa că nu-mi vorbi de munca mea. Probabil că nici nu ştii ce înseamnă să munceşti. Fără să-mi lase timp să răspund, a continuat: Nu e nevoie să te cunosc ca să ştiu că nu faci nimic toată ziua. N-ai o familie sau nişte prieteni care te aşteaptă undeva?

Frica m-a făcut să mă bâlbâi, el a reluat controlul.

— Nu, evident! Cine te-ar vrea? Eşti neinteresantă. Probabil ai avut un iubit, dar a murit de plictiseală...

Mâna mi s-a mişcat din proprie iniţiativă. Am lovit atât de tare, că i s-a dus capul într-o parte. Şi-a frecat obrazul cu un zâmbet în colţul gurii.

— Am atins cumva un punct sensibil?

Respiraţia mi s-a accelerat, lacrimile au început să curgă.

— Am înţeles, nu te mai dorea. A avut dreptate să-ţi dea papucii.

— Lasă-mă să trec, i-am cerut, pentru că îmi oprea accesul la maşină.

M-a ținut de braț și m-a privit drept în ochi.

— Să nu-ți mai treacă prin cap să faci așa ceva și ia-ți biletul de întoarcere.

Mi-a dat drumul brusc și a dispărut în noapte. Cu dosul palmei, mi-am șters lacrimile. Tremuram atât de tare, că mi-au căzut cheile de la mașină. Mă luptam cu mânerul portierei când mașina lui Edward a pornit în trombă. Fără să fie un criminal, acest bărbat rămânea periculos.

Stăteam pe jos în mijlocul livingului. O lumină slabă scălda încăperea. Prima sticlă de vin era aproape goală. Înainte să strivesc țigara, am folosit mucul ca s-o aprind pe următoarea. Am luat până la urmă telefonul.

— Félix, eu sunt.

— Ce mai e nou în țara oilor?

— Nu mai pot, sunt la capătul puterilor.

— Ce spui?

— Îți dau cuvântul meu, am încercat, m-am străduit, dar nu reușesc.

— O să treacă, mi-a spus încetișor.

— Nu, n-o să treacă niciodată, nu mai rămâne nimic de făcut, absolut nimic.

— E normal să nu-ți fie bine zilele astea. Aniversarea Clarei trezește prea multe amintiri.

— Te duci mâine la ea?

— Da, mă ocup de asta... Întoarce-te acasă.

— Noapte bună.

Am mers clătinându-mă până la bucătărie. Am lăsat vinul. Am amestecat suc de portocale cu rom și, cu paharul într-o mână și sticla în cealaltă, m-am prăbușit din nou. Până în zori, am băut, am fumat și am plâns.

Soarele se ridicase când stomacul meu a început să se contracte. M-am repezit la toaletă fără să mă sinchisesc de ce dărâmam în cale. Corpul îmi era scuturat de spasme tot mai violente. Mi s-a părut că am vomitat ore în şir, apoi m-am târât sub duş fără să mă deranjez să mă mai dezbrac. Am stat sub jet, cu genunchii îndoiţi şi m-am legănat înainte şi înapoi plângând. Apa caldă a devenit călâie, apoi rece şi în sfârşit îngheţată.

Hainele mele ude au rămas pe pardoseala băii. Lenjeria curată şi uscată nu mi-a făcut niciun bine, nici măcar hanoracul lui Colin nu a ajutat. Mă sufocam. Mi-am pus gluga pe cap şi am ieşit.

Picioarele mele au reuşit să mă poarte până la plajă. Lungită pe nisip, priveam marea dezlănţuită; ploaia îmi lovea faţa, vântul şi nisipul mă biciuiau. Voiam să dorm pentru totdeauna, nu conta unde mă aflam. Locul meu era lângă Colin şi Clara. Găsisem un spaţiu frumos ca să-i întâlnesc. Eram pierdută între vis şi realitate. Conştiinţa m-a părăsit încetul cu încetul, membrele mi s-au îngreunat, mă scufundam treptat. Era din ce în ce mai întuneric. Furtuna mă ajuta să plec.

Un câine a lătrat foarte aproape de mine, am simţit că mă adulmecă, mă atinge uşor cu nasul ca să mă facă să reacţionez. Când s-a auzit un fluierat, s-a îndepărtat. Voi putea să-mi închei călătoria.

— Ce faci aici?

Am recunoscut vocea aspră a lui Edward şi m-a cuprins teama. M-am ghemuit, am închis ochii din toate puterile şi mi-am pus un braţ pe cap ca să mă apăr.

— Lasă-mă-n pace! m-am răstit la el.

I-am simţit mâinile pe mine, a fost ca un electroşoc. M-am zbătut dând din mâini şi din picioare.

— Lasă-mă!

Am reușit să scap. Am încercat să mă ridic în picioare, dar slăbiciunea m-a trădat. Era să cad când pământul s-a mișcat. Brațele lui Edward m-au ținut.

— Taci și stai liniștită.

Nu puteam să lupt. Din reflex, m-am agățat de gâtul lui. Trupul lui m-a apărat imediat de atacurile vântului. Ploaia a încetat, eram la adăpost. Fără să-mi dea drumul, a urcat o scară. Cu o lovitură de umăr, a deschis o ușă, după aceea a intrat într-o cameră și m-a așezat pe un pat. Am rămas cu capul în jos și spatele încovoiat. Fără să mă uit direct la el, i-am văzut haina groasă fluturând într-un colț al camerei. A dispărut câteva clipe înainte să revină cu un prosop în jurul gâtului și cu altul în mână. S-a lăsat jos lângă mine și a început să-mi șteargă fruntea și obrajii. Mâinile lui erau mari. Mi-a dat gluga la o parte și mi-a eliberat părul.

— Scoate-ți puloverul.

— Nu, i-am răspuns cu o voce răgușită și dând din cap.

— N-ai de ales, dacă nu te dezbraci, ai să te îmbolnăvești.

— Nu pot.

Tremuram tot mai tare. S-a aplecat, mi-a scos cizmele și șosetele.

— Ridică-te!

M-am sprijinit de pat ca să mă ridic. Edward mi-a scos hanoracul lui Colin. M-am dezechilibrat, m-a prins de mijloc și m-a ținut lipită de el câteva clipe înainte să-mi dea drumul. Mi-a descheiat blugii și mi i-a lăsat în jos. M-a ținut ca să pot să-i scot. Mâinile lui mi-au atins ușor spatele când mi-a scos tricoul. O tresărire de pudoare m-a făcut să-mi pun brațele peste piept. S-a dus să caute într-un dulap și a revenit cu o cămașă pe care m-a ajutat s-o îmbrac. Amintirile au izbucnit odată cu lacrimile mele. Edward a încheiat fiecare nasture şi a băgat verigheta pe dedesubt.

— Culcă-te!

M-am lungit şi el m-a învelit. Mi-a dat la o parte părul de pe frunte. Am simţit că se îndepărtează. Respiraţia mi s-a îngreunat, lacrimile s-au înteţit. Am deschis ochii şi, pentru prima oară, l-am privit. Şi-a trecut o mână peste faţă şi a plecat. Am scos verigheta de sub cămaşă şi am strâns-o în mână. M-am ghemuit şi mi-am băgat capul în pernă. După aceea m-am cufundat în somn.

Nu aveam chef să mă trezesc şi totuşi simţurile mele se trezeau. Ochii mi-au clipit. Pereţii camerei mele nu erau gri, erau albi. Am întins braţul înspre noptieră ca să aprind veioza, dar am găsit un gol. Dintr-un salt, m-am ridicat în capul oaselor şi o migrenă îngrozitoare s-a declanşat. Mi-am masat tâmplele cu buricele degetelor şi ziua de dinainte mi-a revenit în amintire. Dar noaptea era o mare gaură neagră.

Primii mei paşi au fost şovăitori. Am lipit o ureche de uşă înainte s-o deschid. Culoarul era tăcut. Poate că voi putea s-o şterg fără ca Edward să observe. În vârful picioarelor, am mers înspre scară, am încercat să fiu cât mai discretă posibil. O tuse mi-a întrerupt drumul. Am îngheţat. Edward stătea în spatele meu. Am respirat adânc înainte să dau piept cu el. Ochii lui m-au străbătut din cap până-n picioare, cu o privire indescifrabilă. Mi-am dat seama atunci că nu aveam pe mine decât cămaşa lui. Am început să trag de ea ca să-mi acopăr picioarele.

— Hainele tale sunt în baie, cred că s-au uscat.

— Unde?

— A doua ușă din capătul culoarului, să nu intri în camera de alături.

A luat-o în sens invers pe scară înainte să pot să mai spun ceva. Îmi stârnise curiozitatea interzicându-mi accesul într-o încăpere. Cu toate acestea, nu l-am ispitit pe diavol. Am plecat în căutarea hainelor mele. O adevărată baie de flăcău tomnatic, mi-am zis intrând. Prosoape făcute ghem, un gel de duș, o periuță de dinți și o oglindă în care nu vedeai mare lucru. Hainele mele, așezate pe un suport de rufe, erau uscate. Am dat jos, cu ușurare, cămașa. Am ținut-o în mână neștiind ce să fac cu ea. Am observat coșul cu rufe murdare. Dormisem deja în patul lui, deci ce mai conta dacă mă apropiam de chiloții pe care îi purtase ieri. Am văzut un cuier, era perfect. Din automatism, mi-am stropit fața cu apă, asta mi-a făcut foarte bine, am avut impresia că ideile îmi sunt mult mai limpezi. Am folosit mâneca puloverului ca să mă șterg. Eram gata să-l înfrunt pe Edward și poate să răspund întrebărilor lui.

Stăteam în pragul livingului, legănându-mă de pe un picior pe altul. Postman Pat a venit cu pași mici și s-a frecat de picioarele mele. L-am mângâiat ca să evit să mă adresez stăpânului său, care era cu spatele la mine, la masa-bar din bucătărie.

— Cafea? m-a întrebat brusc.

— Da, am răspuns înaintând spre el.

— Ți-e foame?

— Am să mănânc mai târziu, o cafea mi-e de-ajuns.

A umplut o farfurie și a pus-o pe masă. Mirosul de ouă prăjite a făcut să-mi lase gura apă. Am aruncat o privire neîncrezătoare.

— Stai jos şi mănâncă.

L-am ascultat fără să crâcnesc. Pe de o parte, muream de foame şi, pe de alta, tonul lui nu lăsa loc de negociere. Edward mă privea, în picioare, cu cafeaua în mână şi o ţigară între buze. Am dus furculiţa la gură, am făcut ochii mari. Poate că era lipsit de amabilitate, dar se pricepea la ouă prăjite. Din timp în timp, ridicam nasul din farfurie. Imposibil să ghicesc ce gândea sau să-i susţin privirea prea mult. Am început să mă uit în jurul meu. O singură constatare, Edward era dezordonat. Peste tot erau materiale foto, reviste, cărţi, teancuri de haine, scrumiere pe jumătate pline. Un pachet de ţigări s-a ciocnit de ceaşca mea, am întors capul spre amfitrionul meu.

— Ştiu că mori de poftă, mi-a spus.

— Mulţumesc.

M-am dat jos de pe taburet, mi-am luat doza de nicotină şi m-am îndreptat spre uşa cu geam.

— Edward, trebuie să-ţi explic ce s-a petrecut ieri.

— Ba nu trebuie deloc, aş fi ajutat pe oricine.

— Contrar a ceea ce crezi, nu am obiceiul să mă dau în spectacol în felul acesta, vreau să înţelegi.

— Puţin îmi pasă ce te-a împins să faci asta.

S-a îndreptat spre uşa de la intrare şi a deschis-o. Mitocanul mă dădea afară. Am mai mângâiat o dată câinele, care stătea tot lipit de mine. După aceea am trecut prin faţa stăpânului său şi am ieşit afară. M-am întors cu faţa la el ca să-l privesc drept în ochi. Nimeni nu putea să fie atât de dur.

— La revedere, a spus el.

— Dacă ai nevoie de ceva, să nu eziţi.

— N-am nevoie de nimic.

Mi-a trântit uşa în nas. Am rămas acolo un lung moment. Ce tâmpit, tipul ăsta.

A trebuit să fac multă curățenie ca să pun casa în ordine. În privința beției şi a mahmurelii, nu contează țara, efectele sunt aceleaşi.

Félix îşi jucase de minune rolul de terapeut ascultându-mă ore întregi la telefon. Tocmai traversasem o nouă criză şi eram încă în picioare. Mă voi arunca într-o nouă tentativă de vindecare.

Căutam mijlocul prin care să ajung la ea, când a bătut cineva la uşă. Am fost uimită să-l văd pe vecinul meu. Zeii erau împotriva mea. Nu-l mai revăzusem de când plecasem de la el de-acasă, cu o săptămână în urmă, şi nu mă mai purtasem urât.

— Bună ziua, a spus el sobru.

— Edward.

— Până la urmă, vreau să te rog ceva. Poți să ai tu grijă de câinele meu?

— Nu-l țin Abby şi Jack de obicei?

— Plec pentru o perioadă prea lungă ca să li-l las lor.

— Ce vrei să spui prin o perioadă prea lungă?

— Două săptămâni sau mai mult.

— Când vrei să-l iau?

— Acum.

Nu-i lipsea tupeul. Şi lăsase motorul maşinii pornit, ca să-mi forțeze mâna. Pentru că eu am întârziat să-i răspund, s-a strâmbat şi mi-a zis:

— OK, las-o baltă.

— Îmi dai voie să mă gândesc?

— Să te gândeşti? Ca să ai grijă de un câine?

— Dacă mă rogi aşa frumos... De acord, adu-l.

A deschis portbagajul jeepului, de unde a sărit Postman Pat. Mai afectuos decât stăpânul lui, s-a bucurat să mă vadă, ceea ce mi-a smuls un zâmbet.

— Am plecat, a spus Edward.

Se instalase la volan.

— Aşteaptă, n-are lesă?

— Nu, fluieri şi vine.

— Asta-i tot?

Edward a închis portiera şi a demarat în trombă. Acelaşi imbecil ca întotdeauna. Şi îşi luase urâtul obicei de a-mi trânti toate uşile în nas.

De trei săptămâni deja eram dog-sitter. Trei săptămâni. Edward îşi bătea joc de mine. Dar câinele era simpatic; cel mai bun prieten al meu deocamdată. De fapt, singurul meu prieten în acest colţ uitat de lume. Mă urma peste tot, dormea cu mine. Când începeam să-i vorbesc, mi se făcea puţin frică. Parcă eram o băbuţă care ajunge să semene cu câinele ei. Chiar dacă acest câine avea în acelaşi timp ceva de măgar şi de urs. Un amestec greu de definit.

Descopeream bucuria de a avea un tovarăş cu patru labe. Îmi plăcea asta, numai când fugea, nu. Aveam parte de o fugă zilnică în timpul plimbării noastre pe plajă. Degeaba mă chinuiam să fluier, nimic nu dădea rezultate. Astăzi, eram îngrijorată mai mult ca de obicei. Dispăruse de prea mult timp.

Eram leoarcă de transpiraţie pentru că alergasem pe plajă. Plămânii stăteau să-mi plesnească. Cu capul plecat, mâinile pe genunchi, îmi recăpătam răsuflarea când am recunoscut lătratul lui Postman Pat. Se întorcea la mine însoţit de o necunoscută. Mi-am pus mâna streaşină la ochi.

Cu cât se apropia mai mult, cu atât îmi spuneam că n-aş fi putut să trec pe lângă această fată fără s-o remarc. Era cam de vârsta mea, cred. Purta un minikilt în dungi. Risca să facă pneumonie, pentru că etala un decolteu adânc abia acoperit de o geacă din piele. O claie buclată de culoare castanie-roşcată îi ținea loc de păr. Înainte să ajungă în dreptul meu, a luat un băț şi l-a aruncat departe pentru câine.

— Şterge-o, potaie, a spus râzând.

Şi-a continuat drumul până la mine fără să renunțe la zâmbet.

— Bună, Diane, mi-a spus înainte să mă îmbrățişeze.

— Bună ziua, i-am răspuns uluită.

— Am aflat că tu ai grijă de el şi am venit să văd dacă nu-ți face prea multe greutăți.

— Nu, mă descurc, mai puțin cu chestia asta.

— O, nu-ți face griji, nu mai ştiu de câte ori am sfârşit cu fundul în nisip tot alergând după el. Nu-l ascultă decât pe Edward. Pe de altă parte, cine ar vrea să facă pe nebunul cu fratele meu?

A izbucnit în râs, iar eu nu eram sigură că înțelesesem totul, atât de impresionant era debitul ei verbal.

— Edward e fratele tău?

— Da. O, iartă-mă, nu m-am prezentat, sunt Judith, sora lui mai mică.

— Iar eu Diane, dar ştii deja.

— Bun, îmi faci cinste cu un pahar la tine?

Şi-a trecut brațul pe sub al meu, ne-am întors şi am luat-o spre casă. Fata asta nu era sora lui Edward, părinții lor nu putuseră să zămislească doi copii atât de diferiți. Singurul lor punct comun era culoarea ochilor, cei ai lui Judith aveau exact nuanța celor ai lui Edward, cu acelaşi albastru-verzui.

Am poftit-o să intre, ea s-a trântit direct pe canapea şi şi-a pus picioarele pe măsuţa joasă.

— Vrei cafea, ceai?

— Eşti franţuzoaică, se pare, deci trebuie să ai o sticlă de vin bun. Este ora de cocteil.

Cinci minute mai târziu, ciocneam.

— Diane, nu pot să cred că eşti la fel de sălbatică precum fratele meu. De ce locuieşti aici? E frumos, de acord, dar ce-a fost în capul tău?

— Este o experienţă ca oricare alta, să locuieşti singură în faţa mării. Şi tu, unde locuieşti?

— Deasupra unui pub din Dublin, va trebui să vii.

— Poate, într-o zi.

— De cât timp eşti aici? Nu lucrezi?

— Pentru moment, nu. Şi tu?

— Sunt în vacanţă câteva zile, dar lucrez în port. Mă ocup de controlul containerelor, nu este prea pasionant, dar mă ajută să-mi plătesc chiria şi facturile.

A continuat să turuie ca o moară stricată. Apoi, ca şi cum ar fi înţepat-o o viespe, s-a ridicat dintr-un salt.

— Te las, mă aşteaptă Abby şi Jack.

Era deja la uşă.

— Stai, ţi-ai uitat ţigările.

— Păstrează-le, sunt de contrabandă, am o mică înţelegere cu docherii, mi-a spus făcându-mi cu ochiul.

— Doar n-ai să te întorci pe jos, e noapte. Vrei să te duc eu?

— Glumeşti? Un pic de mişcare pentru coapsele mele. Pe mâine!

Judith s-a întors a doua zi, cum promisese. Apoi în ziua următoare. Trei zile de când îmi invada spaţiul vital. În mod paradoxal, prezența ei nu mă sufoca. Mă făcea să râd. Era o provocatoare înnăscută. Își punea în valoare formele demne de cele ale unei actrițe italiene și înjura ca un birjar de îndată ce deschidea gura; cocteil exploziv. Îmi spunea abracadabrantele ei povești de dragoste. Pe cât era de sigură pe ea și nu se temea de nimic, pe atât de ușor cădea pradă primului băiat frumos care-i ieșea în cale. Un *bad boy* o seducea și era pierdută.

În seara aceea, rămăsese să cineze cu mine. A mâncat cât patru, avea stomacul unui bărbat.

— Rămâne între noi, îmi dai voie? m-a întrebat descheindu-se la blugi.

M-am dus să-i deschid câinelui, care își cerea plimbarea de seară.

— De ce fratele meu ți-a lăsat ție potaia?

— Îi datoram un serviciu.

M-a privit bănuitoare. Fără să dau alte amănunte, m-am instalat pe canapea îndoindu-mi picioarele sub fund.

— Edward a fost întotdeauna așa? am întrebat brusc.

— Ce vrei să spui prin „așa"? a răspuns descriind ghilimelele cu degetele.

— Genul aspru, sălbatic, taciturn...

— A, asta? Da, mereu. Duce după el caracterul ăsta de rahat încă din copilărie.

— Super, îi plâng pe părinții voștri.

— Abby nu ți-a spus nimic? Ei doi — ea și cu Jack — sunt cei care ne-au crescut. Mama a murit când m-a născut, Edward avea șase ani. Tata nu voia să se ocupe de noi, așa că ne-a încredințat unchiului și mătușii.

— Îmi pare rău...

— Nu trebuie. Am avut nişte părinţi minunaţi, nu mi-a lipsit nimic. Nu mă vei auzi niciodată spunând că sunt orfană.

— N-aţi locuit cu tatăl vostru?

— Petreceam câteva zile cu el, când binevoia să iasă din birou, dar era un infern. Din cauza lui Edward.

— Nu se bucura să-l vadă?

— Nu, el crede că părinţii noştri ne-au părăsit. E supărat pe toată lumea. În pofida admiraţiei pe care o avea pentru tata, de îndată ce erau amândoi în aceeaşi încăpere, situaţia se inflama.

— Cum aşa?

— Edward era copia lui fidelă. Şi asta a făcut mereu să iasă scântei între ei. Îşi petreceau timpul ţipând unul la altul.

— Şi tu erai la mijloc?

— Da, îţi închipui atmosfera.

— Şi astăzi e la fel de conflictual?

— Tata a murit.

— Oh...

— Mda, se adună.

A râs uşor, şi-a aprins o ţigară şi a privit câteva clipe în gol înainte să reia:

— S-au înfruntat până la sfârşit, dar Edward a rămas alături de tata tot timpul cât a fost bolnav. Petrecea ore întregi la căpătâiul lui. Cred că şi-au încheiat socotelile. N-am aflat niciodată ce şi-au spus. Edward nu vrea să vorbească despre asta, m-a asigurat doar că tata a plecat împăcat.

— Câţi ani aveaţi?

— Eu şaisprezece şi Edward douăzeci şi doi. A hotărât imediat că el este capul familiei şi că trebuie să se îngrijească de nevoile mele. Abby şi Jack n-au putut să facă nimic, a venit să mă ia şi ne-am mutat împreună.

— Cum a făcut ca să se descurce cu toate?

— Habar n-am, îşi făcea studiile, lucra şi se ocupa de mine. Cu timpul, şi-a construit o carapace ca să se apere de tot şi de toată lumea.

— Nu are prieteni?

— Câțiva, aleşi pe sprânceană. Este aproape imposibil din partea lui să acorde încredere cuiva. Este convins că va fi abandonat sau trădat. M-a învățat să mă descurc singură şi să nu contez pe nimeni. M-a protejat întotdeauna şi nu a ezitat niciodată să recurgă la pumni ca să mă apere de tipi prea îndrăzneți pentru gustul lui.

— E violent?

— Nu chiar, se bate când e supărat, de exemplu când e scos din sărite.

— Cred că asta e ceea ce am făcut eu, am mormăit.

Ea m-a privit făcând ochii mici.

— Nu cumva ți-e frică de el?

— Nu ştiu, e într-adevăr dezagreabil cu mine.

Ea a izbucnit în râs.

— Da, sigur venirea ta îl deranjează, dar nu-ți face grij, are principii. Printre altele, să nu ridice niciodată mâna asupra unei femei. Ar fi mai degrabă genul care o salvează pe domnița aflată la ananghie.

— Mi-e greu să-mi închipui că acela despre care îmi vorbeşti este vecinul meu.

Judith pleca ziua următoare la Dublin. Venise la mine pentru plimbarea mea de fiecare zi cu Postman Pat. Stăteam pe nisip. O dată în plus, încercase să afle mai multe despre mine.

— Tu ascunzi ceva. Ce pui la cale aici? Nu pot să accept că nici Abby, nici eu nu am reuşit să te tragem de limbă.

— Nu e nimic de spus. Viaţa mea nu este interesantă, te asigur.

Am plecat după Postman Pat. Scăpase din nou de sub supravegherea mea. Am alergat spre potecile care duceau la case, mi-era mereu frică să nu-l lovească vreo maşină sau, mai rău, să vină Edward şi să-l găsească nesupravegheat.

Am pus mâna pe el şi l-am tras de zgardă ca să-l readuc pe plajă. În clipa aceea, maşina 4x4 a lui Edward ajungea în faţa caselor. Ca să-mi dovedesc autoritatea pe care o aveam asupra animalului, l-am ţinut ferm până când stăpânul lui a fost lângă noi. S-a gudurat pe lângă el, iar Edward m-a fulgerat cu privirea. Am rămas amândoi acolo cântărindu-ne, câinele trecând de la unul la altul.

Un ţipăt strident a răsunat. Judith venea în fugă. A sărit pe fratele ei. Am crezut că disting o umbră de zâmbet pe chipul lui Edward. În cele din urmă, ea i-a dat drumul. I-a cuprins bărbia în mâini şi l-a privit fix ridicând din sprâncene.

— Ai o figură ciudată.

— Termină.

S-a eliberat din strânsoarea ei şi s-a întors spre mine.

— Mulţumesc pentru câine.

— N-ai pentru ce.

Judith a început să aplaude privindu-ne pe rând.

— O, fir-ar să fie! Ce conversaţie! Edward, ai rostit mai mult de două vorbe. Iar tu, Diane, eşti mai vorbăreaţă de obicei.

Am ridicat din umeri.

— Judith, ajunge, a bombănit Edward.

— Calmează-te, morocănosule!
— Abby şi Jack ne aşteaptă.
— Lasă-mi timp să îi spun la revedere noii mele prietene.

Edward a ridicat ochii spre cer şi a luat-o înainte. Judith m-a cuprins în braţe.

— Nu cred.

I-am răspuns la îmbrăţişare, prezenţa acestei fete îmi făcea bine.

Am rămas pe plajă privindu-i cum pleacă. Judith sărea alături de fratele ei, fericită că este cu el. În felul lui, probabil şi el era la fel.

Cinci

Nu aveam veşti de la Félix de mai bine de-o săptămână. Era culmea, ajunsesem să nu dau de el. După trei tentative de apel, în sfârşit a răspuns.

— Diane, sunt prins până peste cap!

— Bună, totuşi!

— Grăbeşte-te, sunt presat de pregătirile pentru Crăciun.

— Ce vei face?

— Părinții tăi mi-au spus că nu vei petrece sărbătorile cu ei, m-au invitat, eu am spus nu, dar vor mai încerca să mă convingă. În loc de asta, e petrecerea costumelor de baie la Mykonos.

— A! OK.

— Te sun când mă întorc.

A închis. Am rămas câteva clipe cu telefonul lipit de ureche. Din ce în ce mai bine, ochii care nu se văd se uită. Că părinții mei nu insistaseră să mă întorc acasă pentru sărbători nu avea nimic uimitor. Fiica lor văduvă şi depresivă nu ar fi dat bine în mijlocul dineului lor monden. Dar ca Félix să mă lase baltă, asta era o pilulă greu de înghițit.

Un frumos soare de iarnă scălda livingul — ca nicicodată — şi, cu toate astea, nu aveam chef să ies din casă. Apropierea sărbătorilor mă făcea să am gânduri negre. Nişte bătăi în uşă m-au silit să mă ridic din fotoliu. M-am dus să deschid. Judith era îmbrăcată ca un spiriduş al lui Moş Crăciun, versiunea sexy. Mi-a sărit de gât.

— Ce faci închisă în casă pe o asemenea vreme? Pune-ți mănuşile, plecăm.

— Eşti drăguță, dar nu.

— Pentru că-ți închipui că ai de ales, mi-a spus împingându-mă spre cuier.

Mi-a îndesat o căciulă pe cap, a luat cheile şi a încuiat uşa casei.

Cânta ca o apucată tot repertoriul de Crăciun. Fără să vreau, râdeam. Judith a reuşit un tur de forță. M-a făcut să străbat tot golful Mulranny pe jos ca să mă ducă acasă la Abby şi Jack.

— Noi suntem! a strigat când am intrat în casă.

Am urmat-o până în living. I-a sărutat pe obraz pe unchiul şi mătuşa sa.

— Diane, mă bucur să te văd, mi-a spus Abby îmbrățişându-mă cu căldură.

Jack mi-a zâmbit larg şi m-a bătut uşor pe spate. Nu lipseau decât povestirile lui Dickens ca să completeze mitul Crăciunului. Bradul până în tavan, felicitările pe şemineu, biscuiții cu mirodenii pe măsuța joasă, ghirlande luminoase, un *Jingle Bells* remixat ca fundal, nu lipsea nimic. În mai puțin de câteva minute, Abby şi Judith au avut grijă să mă simt în largul meu. M-au forțat să mă aşez, Judith mi-a întins o ceaşcă de ceai, iar Abby o farfurie plină cu tot felul de prăjituri şi turtă dulce. Parcă ar fi vrut să mă pună la îngrăşat. Jack râdea clătinând din cap.

După două ore, asistam la un spectacol. Judith stătea pe jos şi făcea pachete-cadou pe care le punea sub pom. Abby tricota o şosetă de Crăciun. Eram în contradicţie absolută cu această atmosferă. Trezea sentimente bune, iar eu nu mai credeam în toate astea. Pe vremuri, aş fi fost totuşi prima care mi-aş fi pus o pălărie ţuguiată pe cap şi aş fi aruncat cu ghirlande de hârtie. Doar pentru Clara.

— Ai grijă, mi-a spus Jack. Complotează ele ceva şi cred că are legătură cu tine.

— Taci din gură, i-a spus Abby. Diane, mai sunt două zile până la Crăciun şi tu nu te întorci în Franţa?

— Nu, într-adevăr.

Zâmbetul de faţadă pe care îl afişam de la venirea mea m-a părăsit treptat.

— Atunci vino să-l petreci aici, suntem în familie.

În familie? Nesuferitul de Edward o să fie şi el? Numai ca să-l văd animând seara de Crăciun, aş fi fost tentată să accept.

— Haide, nu vreau să fii singură, a insistat Judith.

Mă pregăteam să răspund, când s-a trântit o uşă. Judith s-a ridicat şi s-a dus până în antreu. Sunetele unei conversaţii şoptite au ajuns până la noi.

— Acum vino şi poartă-te cum se cuvine! a spus Judith.

Nu am fost surprinsă să-l văd pe Edward apărând în prag în urma surorii lui. Aceasta, în loc să se aşeze din nou, s-a dus în spatele lui Abby, i-a petrecut braţele pe după gât, şi-a pus bărbia pe umărul ei şi m-a privit cu zâmbetul pe buze.

— Spune bună ziua, Edward! a rostit ea fără să mă scape din ochi.

Ca să nu pufnesc în râs, am ridicat capul spre el. Duş rece asigurat. M-a fixat cu duritate.

— Bună ziua, a mormăit.

— Edward.

A pătruns în cameră, a strâns mâna lui Jack şi s-a oprit în faţa şemineului. S-a uitat la foc, întorcându-ne spatele.

— Acum că am terminat cu politeţurile, să ne reluăm discuţia, a spus Judith.

— Serios, vino să petreci Crăciunul cu noi, a continuat Abby.

Edward s-a întors brusc.

— Despre ce vorbiţi? Aici nu-i Armata Salvării.

Corpul îi era încordat ca un arc, nu m-aş fi mirat dacă aş fi văzut ieşindu-i fum din urechi.

— Nu te-ai săturat să fii bădăran? l-a întrebat sora lui. Am invitat-o pe Diane de Crăciun şi tu n-ai nimic de zis. Dacă nu-ţi place, ne putem lipsi de tine.

Era tensiune între frate şi soră, ai fi zis că sunt doi cocoşi de luptă. Dar măcar o dată, nu Edward a părut cel mai periculos. În pofida plăcerii pe care o simţeam văzându-l cedând în faţa surorii mai mici, trebuia să pun capăt situaţiei.

— Un minut! Cred că am şi eu ceva de spus. Aşa că n-am să vin, nu sărbătoresc Crăciunul.

— Dar...

— Nu insista.

— Fă cum vrei, mi-a spus Jack. Dar dacă te răzgândeşti, uşa ţi-e deschisă.

— Mulţumesc mult. Vă las, se face târziu.

— Rămâi la masă, mi-a propus Abby.

— Nu, mulţumesc. Nu vă deranjaţi, cunosc drumul.

Judith a bătut în retragere. Abby m-a îmbrăţişat din nou. I-am văzut privirea plină de reproş adresată nepotului ei. L-am sărutat pe obraz pe Jack, care mi-a făcut cu ochiul. M-am oprit în fața lui Edward, care m-a privit drept în ochi.

— Mulțumesc, am șoptit astfel ca nimeni să nu mă audă. Tocmai mi-ai făcut un mare serviciu. Până la urmă, ai și părți bune.

— Șterge-o de-aici, a mormăit printre dinți.

— La revedere, i-am zis cu voce tare.

Nu a răspuns. Am făcut un ultim semn cu mâna. Am găsit-o pe Judith lângă ușa de la intrare. S-a uitat la mine cât m-am îmbrăcat cu paltonul.

— De ce fugi?

— Vreau să mă întorc la mine.

— Am să vin să te văd de Crăciun.

— Nu. Vreau să fiu singură. Locul tău e lângă familia ta.

— E din cauza cretinului de frate-meu?

— Nu-i dau atâta importanță. El n-are nicio legătură cu asta. E timpul să plec. O seară bună. Nu-ți face griji pentru mine, i-am spus îmbrățișând-o.

Uitasem că venisem pe jos până la ei. Trombe de apă se abăteau asupra mea și era noapte. Cu mâinile băgate în buzunare, mergeam evitând să mă gândesc. Un claxon m-a făcut să tresar. M-am oprit și m-am întors, dar farurile mă orbeau. Cu atât mai surprinsă am fost să văd mașina lui Edward oprindu-se în dreptul meu. Geamul s-a lăsat în jos.

— Urcă.

— E de vină spiritul Crăciunului? Sau poate, ești bolnav?

— Profită de taxi, n-o să se mai întâmple a doua oară.

— La urma urmei, ești bun și tu la ceva.

Am urcat în mașină. Aceeași dezordine ca în casă domnea și aici. Ca să-mi fac loc, a trebuit să împing obiecte neidentificate de sub picioare. Tabloul de bord era acoperit cu pachete de țigări şi cu ziare, ceşti de cafea de unică folosință erau înghesuite în portiere. Dumnezeu ştie că şi eu fumam, dar acolo mirosul vechi de tutun mi-a făcut greață. Tăcerea domnea înăuntru.

— De ce nu te-ai întors în Franța?

— Nu mă mai simt acasă acolo, am răspuns prea repede.

— Nici aici nu eşti acasă la tine.

— Ia stai, de-asta m-ai luat? Ca să-mi arunci asta-n față?

— Singurul lucru care mă interesează în privința ta este data plecării.

— Opreşte nenorocita ta de rablă!

A frânat brusc. Voiam să cobor cât mai repede cu putință, dar mi-era imposibil să-mi desfac centura de siguranță.

— Ai nevoie de ajutor?

— Gura! am urlat.

Am reuşit în cele din urmă să ies de-acolo şi, pentru prima dată, eu am fost cea care i-a trântit uşa-n nas. Mă rog, portiera.

— Crăciun fericit! mi-a strigat prin geamul lăsat.

Nu i-am acordat nici măcar umbra unei priviri şi am pornit la drum. Maşina lui m-a atins uşor când a trecut peste o băltoacă şi m-a stropit din cap până-n picioare. N-avea mintea unui copil mai mare de doisprezece ani. Va câştiga până la urmă; pe lângă faptul că mă călca pe nervi, mă epuiza.

Tremurând, am ajuns în sfârşit acasă, unde m-am baricadat.

Eram în 26 decembrie, era ora unsprezece şi cineva bătea la uşă. Judith. M-a împins ca să intre.

— Crăciunul a trecut!

S-a dus la bucătărie să-şi pună o cafea şi, când s-a întors, s-a trântit pe canapea.

— E ceva suspect cu tine, mi-a spus ea. Vreau să-ţi cer o favoare.

— Te ascult.

— În fiecare an, organizez petrecerea de Anul Nou.

Am simţit că pălesc. M-am ridicat şi am aprins o ţigară.

— Patronul pubului mă cunoaşte de când eram mică, nu poate să-mi refuze nimic. Ştii, în Mulranny nu trăiesc decât bătrâni, şi ei nu sunt tocmai în pas cu moda. Aşadar, îmi împrumută pubul şi eu fac cu el ce vreau. Am petrecut momente mişto acolo.

— Îmi închipui.

— De fiecare dată vin toţi prietenii mei, e o adevărată nebunie. Ne îmbătăm, cântăm, dansăm pe mese... iar anul acesta, vom avea o franţuzoaică printre noi.

— A, da? Suntem două în Mulranny?

— Haide, Diane. Nu sărbătoreşti Crăciunul, înţeleg. Nu eşti singura care are o problemă cu reuniunile de familie. Dar revelionul este o seară între prieteni, ca să ne amuzăm, nu poţi să-mi refuzi asta.

— Îmi ceri prea mult.

— De ce?

— Las-o baltă.

— OK. Vreau să fii acolo, dar evită muzeul ororilor.

Am ridicat din sprâncene.

— Uită de pantalonii de yoga şi de hanoracul jegos.

Într-un alt fel, devenea la fel de plictisitoare ca fratele ei. Am oftat şi am închis ochii înainte să-i răspund.

— Bine, am să vin, dar n-am să stau mult.

— Cum zici tu. Hai, am plecat, am treburi de rezolvat.

A ieşit ca o tornadă. M-am prăbuşit în fotoliu şi mi-am luat capul în mâini.

Am reuşit s-o conving pe Judith că puteam să mă lipsesc de ajutorul ei. Încă ştiam să mă îmbrac singură şi presupuneam că sfaturile sale vestimentare ar fi fost de cel mai prost gust.

Îmi priveam reflexia în oglinda din cameră. Aveam impresia că sunt deghizată şi totuşi pe mine mă redescopeream. M-am privit mult timp în oglindă. Constatarea era simplă, îmbătrânisem, eram marcată. Îmi apăruseră riduri şi, dacă mă uitam mai bine, aveam fire albe. Şi apoi m-am gândit la Colin. Atunci, am mascat anumite urme ale durerii cu machiaj. M-am dat cu fard pe pleoape şi cu un strat gros de rimel pe gene, ca să-mi pun ochii în valoare. Din reflex, mi-am prins părul într-un coc negljent. Câteva şuvițe îmi cădeau pe gât, el le prindea mereu. M-am îmbrăcat în negru din cap până-n picioare, pantaloni, spatele gol şi pantofi cu tocul înalt. Singura mea bijuterie, verigheta care îmi atârna între sâni.

Eram în fața pubului. Parcarea era plină, probabil petrecerea era în toi. Urma să stau față în față cu o mulțime de necunoscuți. Va trebui să vorbesc, să zâmbesc, şi asta mi se părea peste puterile mele.

Am împins uşa respirând adânc. Căldura m-a surprins. Era arhiplin, se cânta, se dansa, se râdea pe acordurile din *Sweet Home Alabama*. Incontestabil, irlandezii ştiau să petreacă. Nu mai văzusem niciodată aşa ceva. Nu mi-a fost greu s-o reperez pe Judith. Nu trecea neobservată, cu coama ei leonină, pantalonii din piele neagră şi topul roşu. Am reuşit să-mi fac drum până la ea. Am bătut-o uşor pe umăr, ea s-a răsucit şi a părut tulburată.

— Diane, tu eşti?

— Da, prostuţo!

— Eram sigură că în tine se ascunde o femeie fatală. Nu-mi place, ai să-mi iei faţa.

— Opreşte-te, altfel plec.

— Nici vorbă, eşti aici, rămâi.

— Ţi-am spus, la miezul nopţii, precum Cenuşăreasa, mă fac nevăzută.

A dispărut câteva clipe şi s-a întors cu un pahar pe care mi l-a dat.

— Bea şi mai vorbim!

Apoi, m-a antrenat într-un vârtej de prezentări. Am întâlnit oameni încântători, toţi aveau un zâmbet şi o poftă de distracţie care depăşeau tot ce îmi putusem imagina. Ambianţa era plăcută, nimic forţat. Numeroasele pahare care mi se serveau în trecere mă ajutau să mă destind şi să intru în atmosferă.

Datorită zâmbetelor, am putut să ajung la bar. Paharul meu era gol de prea mult timp şi, dacă voiam să rezist până anul viitor, nu aveam de ales. Aşa că nu m-am zgârcit la doza de alcool. Am simţit o prezenţă alături de mine, nu mi-am făcut griji din cauza asta şi am continuat să-mi amestec cocteilul. Dacă nivelul meu de rom era deja ridicat, cel de whisky al tovarăşului meu de bar atingea un tsunami. Îi cunoşteam mâinile, le mai văzusem. Contrariată, am ridicat capul. Edward stătea cu coatele pe bar, sorbea din pahar şi se uita la mine. Am avut senzaţia că sunt trecută prin detectorul de metale.

— Soră-mea încă o ține pe-a ei, a spus el cu un rictus pe buze. Mereu a fost fascinată de câinii vagabonzi.
— Şi tu, câți oameni o să agresezi?
— Niciunul, în afară de tine. Sunt prietenii mei.
— Cine ar vrea să-ți fie prieten?
Am făcut stânga-mprejur. Seara se anunța şi mai dificilă.

Ascultam cu o ureche conversațiile. Judith era lângă mine, nu-mi dădea drumul, se temea să nu o iau la fugă. Atenția mi-a fost distrasă de vederea unui craniu brun ras. Am împins pe toată lumea din calea mea ca să mă apropii de el.
— Félix!
S-a întors şi m-a văzut. A alergat spre mine. M-am aruncat în brațele lui, m-a învârtit prin aer. Râdeam şi plângeam la pieptul lui. Mă strângea prea tare, dar să am parte de o îmbrățişare sufocantă din partea lui Félix merita toate vânătăile pe care aş fi putut să le capăt.
— Când am primit mesajul tău, n-am putut să rezist.
— Mulțumesc, mi-ai lipsit atât de mult!
M-a lăsat jos şi mi-a cuprins fața în mâini.
— Ți-am spus eu că nu poți să te lipseşti de mine!
I-am dat o palmă peste ceafă. El m-a strâns la piept.
— Mă bucur să te văd.
— Cât timp rămâi?
— Plec mâine-seară.
Mi-am împletit mâinile în jurul taliei lui.
— Unde se bea în localul ăsta?
L-am târât până la bar ținându-l de mână. A băut până la fund primul pahar şi şi-a mai pus unul. Pleca de la principiul că avea de recuperat. În treacăt, nu uita să-mi umple şi mie paharul.

— Ai redevenit tu însăți. Îți prieşte să te ocupi de tine.

— Am intrat în joc doar în seara asta, pentru Judith.

— Arată-mi-o.

— Nu e nevoie să mă cauți, sunt aici.

M-am întors spre ea cu zâmbetul pe buze.

— Ai fi putut să-mi spui că va veni şi iubitul tău, mi-a spus ea bosumflată.

— Cine?

— Păi, drăguțul tău, iubitul tău...

— Stop! E doar Félix...

— Mulțumesc pentru „doar", m-a întrerupt el.

— O, tu taci. Judith, ți-l prezint pe cel mai bun prieten al meu.

Ea m-a scrutat cu privirea, şi-a umflat pieptul generos şi s-a ridicat pe vârfuri ca să lase un sărut pe obrazul lui Félix.

— Diane a avut dreptate să te invite, i-a spus. Puțină carne proaspătă, îmi place, mult... chiar mult.

Şi-a aplecat capul într-o parte şi l-a studiat amănunțit. Îndeplinea toate criteriile pentru ca ea să-i cadă în laț, cu geaca lui din piele, tricoul cu un decolteu în V atât de adânc că aproape i se vedea buricul şi craniul ras.

— Sunt foarte fericit să te cunosc, i-a spus el arborând zâmbetul lui fermecător.

— Şi eu. Sper că Diane nu se supără dacă te împrumut.

I-am dat un picior discret prietenului meu seducător şi, pe lângă asta, narcisist.

— Stai liniştită, avem toată noaptea să ne cunoaştem cât mai bine, dar trebuie să-ți spun un mic detaliu.

— Sunt numai urechi, i-a răspuns ea, bătând din gene.

— N-o să fie niciodată nimic între noi.

— O! N-am fost niciodată respinsă atât de repede. Îmi miroase gura? Am ceva între dinți?

— Nu, doar că n-ai nimic între picioare.

Am ridicat ochii spre cer. Judith a izbucnit în râs.

— OK. Ajută-mă cel puțin s-o țin aici până dimineață, i-a zis, arătând cu bărbia spre mine.

— Știu exact ce trebuie să fac pentru asta.

Mi-a întins un shot. Gâtul m-a ars, dar nu m-am lăsat. Știam că, având-i pe amândoi pe urmele mele, nu voi rezista mult.

Miezul nopții a bătut foarte repede. Toți invitații au numărat cele douăsprezece bătăi, mai puțin Félix și cu mine. Ne-am dat mai la o parte ținându-ne de mână. Când toată lumea a explodat de bucurie, mi-am rezemat capul de umărul lui.

— La mulți ani, Diane.

— Și ție. Hai, vino s-o găsim pe Judith.

L-am tras după mine. Am reperat-o imediat pe cea pe care o căutam.

— De ce te-ai oprit? m-a întrebat Félix când am rămas locului.

— E cu blestematul de frate-său.

— Este mai degrabă un băiat frumos.

— Ce oroare! Nu știi despre cine vorbești! E vecinul meu.

— Ai fi putut să-mi spui că peisajul este excitant, aș fi venit mai repede să te văd.

— Nu vorbi prostii. Oricum, o vom vedea mai târziu.

— Dă-mi voie să-mi încerc șansa.

M-am întors iute spre el. Ochiul lubric al lui Félix nu se înșela. Îl găsea pe Edward pe gustul lui.

— Ești de-a dreptul bolnav!

— Ba deloc. Ia gândește-te, aș putea să îmblânzesc fiara și să-i șoptesc la ureche să fie drăguț cu tine.

— Nu mai spune tâmpenii. Mai bine invită-mă la dans.

Am alternat rockul îndrăcit al lui Félix cu coregrafiile delirante ale lui Judith. Aveam parte de reprezentări înfierbântate ale hiturilor zeilor irlandezi, U2. Fiecare dintre invitați intra într-un soi de transă când vocea lui Bono răsuna în pub. Între două dansuri îmi potoleam setea cu cocteiluri tari. Din timp în timp, mă duceam să iau aer pe terasă.

La un moment dat, cu țigara în gură și paharul în mână, îi spionam prin fereastră pe Judith și pe Félix. El îi dădea o lecție foarte aparte de bachata pe ritmul de rock dezlănțuit al celor de la Kings of Leon și al lor *Sex on Fire*. Nostim. Edward a țâșnit pe neașteptate și s-a proțăpit în fața mea.

— Nici să fumezi în liniște nu mai poți, am zis.

— Du-te și spune-i șmecherului tău s-o lase în pace pe sora mea.

— Ea nu pare să se plângă.

— Spune-i să-și ia tălpășița, altfel mă ocup eu de asta.

M-am ridicat și m-am apropiat de el. I-am pus în piept un deget, care se voia la fel de amenințător ca și cuvintele lui.

— Sora ta nu are nevoie de tine ca să se apere. Și tu ar trebui să fii cel care se ferește de Félix. Ai putea foarte bine să fii pe placul lui și el a reușit să se culce cu tipi mult mai hetero decât tine.

M-a prins de încheietura mâinii și m-a împins către balustradă. Ochii lui s-au ațintit într-ai mei. S-a lipit de mine și m-a strâns și mai tare de mână.

— Nu mă scoate din răbdări!

— Dacă nu, ce? O să mă pocnești?

— Poate.

— Acum, șterge-o.

Am tras ultima oară din țigară, i-am suflat fumul în față și am lăsat mucul să cadă la picioarele lui. Numai când am ajuns înăuntru mi-am dat seama că picioarele îmi tremurau.

— Vasăzică, e încinsă atmosfera între tine și vecin, mi-a declarat Félix venind lângă mine.

— Am încercat să-ți netezesc drumul.

L-am trimis după provizii, aveam nevoie de un pahar.

Orele se scurgeau. Era tot atâta alcool în trupuri cât și pe jos. Aerul era îmbibat de mirosul urât al pielii ude de transpirație. Nu-mi mai simțeam picioarele de cât dansasem. Mă distram cu adevărat, eram ușoară și nu-mi venea să cred. Numai că starea mea de ebrietate avansată începea să-mi joace feste. Nu mai mergeam foarte drept, vederea mi se încețoșa, râdeam prea tare și inhibițiile îmi dispăreau. Drept dovadă, interpretarea foarte personală a melodiei *I Love Rock'n'Roll*; nu voi avea niciodată talentul lui Joan Jett. Am părăsit ringul de dans ca să mă duc lângă Félix și Judith, care își făceau de lucru la bar.

— Plec, nu mai pot.

— Mai beau un pahar și vin și eu, mi-a răspuns Félix.

— Ești sigură că vrei să te duci la culcare? m-a întrebat Judith.

— Da, spectacolul s-a încheiat! Mulțumesc pentru această seară, nu credeam că mai sunt în stare să petrec, i-am răspuns strângând-o în brațe.

Mergând spre ieșire, scotoceam în geantă după chei când m-am lovit de cineva.

— Scuze.

— Mă împiedic mereu de tine! mi-a răspuns Edward.

— Şterge-o, mă duc acasă.

L-am împins şi m-am trezit la aer curat. Degeaba era vântul tăios, asta nu mă ajuta să mă trezesc din beție.

Am condus încet spre casă. Îmi păstram totuşi o parte din reflexe. Trebuie să recunosc că mergeam la pas, strângând tare volanul — ca o bătrânică. Am fost deranjată de o maşină care a trecut pe lângă mine. Şoferul a făcut apel la faruri. Am încetinit intenționat. A reacționat imediat ieşind de pe banda lui cu o mişcare a volanului şi mi-a tăiat calea. Am recunoscut maşina lui Edward. Voia război, război o să aibă.

În fața casei mele, am tras frâna de mână şi am alergat până la el.

— Deschide imediat uşa! am urlat bătând în ea. Ieşi de-acolo imediat!

Am început să mă mişc de colo-colo continuând să țip la el. Nu mai puteam, luam pietre de pe jos şi le aruncam în uşa şi ferestrele lui.

— Eşti complet țicnită! a spus el ieşind în sfârşit din casă.

— Tu eşti ăla bolnav. Nu eşti decât un şofer prost, dublat de un imbecil! O să ne încheiem socotelile odată pentru totdeauna.

— Du-te să faci scandal în altă parte.

— Sunt mai rea decât o lipitoare. Cu cât îmi zici mai mult să plec, cu atât mai mult voi rămâne.

— Aş fi făcut mai bine să te las să mucegăieşti pe plajă.

— Nu ştii despre ce vorbeşti, am explodat eu, lovindu-l. Nu ştii nimic.

Loveam din toate puterile, încercam să-l zgârii. El se apăra moale, eschivând simplu atacurile mele cu brațele.

— Liniştește-te! l-am auzit pe Félix în spatele meu.

Şi-a trecut un braț pe după talia mea, m-a luat pe sus şi m-a îndepărtat de Edward. Eu continuam să lovesc în gol.

— Lasă-mă, am să-i scot mațele.

— Nu merită osteneala, mi-a răspuns, ținându-mă mai strâns.

Mi-am aruncat picioarele ca să pot să-i dau o lovitură bună cu pantofii ascuțiți.

— Păzeşte-ți bijuteriile de familie, ticălosule, am urlat.

— Închide-o undeva, a tunat Edward. E nebună de legat.

— Gura!

Replica lui Félix m-a făcut să mă opresc din a mă mai agita. Cât despre Edward, a părut debusolat şi s-a uitat la el cu ochii mari. Apoi a dat din cap.

— Unul mai nebun decât celălalt, a bombănit pregătindu-se să intre în casă.

— Rămâi acolo, n-am terminat, i-a spus Félix.

M-a lăsat jos şi mi-a luat fața în mâini.

— Îmi promiți că intri în casă şi rămâi acolo, bine?

— Nu.

— Lasă-mă să mă ocup eu. Bagă-te în pat şi dormi. Ne vedem mâine. Ai încredere în mine, totul va fi bine.

M-a sărutat pe frunte şi m-a îndepărtat. Mai mult mă clătinam decât mergeam, întorcându-mă la fiecare doi paşi. Félix şi Edward erau în acelaşi loc, nu auzeam nimic din ce-şi spuneau.

Ajunsă în casă, m-am târât şi am alunecat sub plapumă. În pofida îngrijorării mele pentru Félix, eram epuizată. Tensiunea, alcoolul, oboseala mi-au învins rezistența.

Șase

Să mă mişc în pat îmi dădea dureri de cap. Încercam în zadar să deschid ochii, mă înţepau. Gura îmi era cleioasă şi aveam dureri musculare. Înainte să pun piciorul jos, ştiam că ziua va fi interminabilă. Asta mă va învăţa minte să nu mai fac nebunii. Am tras perdelele ca să încerc să mă trezesc. A cui era maşina parcată în faţa casei? Simţeam că lipseşte un detaliu important cu privire la seara de dinainte. Prima mea doză de cofeină avea să-mi limpezească mintea. Coborârea scării a fost dureroasă, mă durea până şi părul. Pe canapea era întins un corp. Ceaţa s-a risipit.

Félix.

Un braţ şi un picior îi atârnau. Era încă îmbrăcat şi sforăia ca un tractor. Faţa îi rămânea nevăzută.

— Trezeşte-te, i-am spus scuturându-l.

— Taci, vreau să dorm.

— Cum îţi e? Te simţi bine?

— Am senzaţia că a trecut un compresor peste mine.

S-a ridicat în capul oaselor, şi-a ţinut capul plecat şi şi-a scărpinat ţeasta.

— Félix, uită-te la mine.

A ridicat capul. O arcadă îi era spartă şi avea un ochi învinețit. S-a lăsat pe canapea, s-a întins şi s-a strâmbat de durere. M-am apropiat de el şi i-am ridicat tricoul, avea o vânătaie uriaşă pe piele.

— Dumnezeule, ce ți-a făcut?

Félix s-a ridicat dintr-un salt de pe canapea şi s-a dus în fața oglinzii.

— Nu-i nimic, încă sunt frumos.

Şi-a atins fața, şi-a încordat muşchii şi şi-a zâmbit lui însuşi.

— O să am cu ce să mă dau mare când mă întorc la Paris.

— Nu e nimic amuzant, e periculos. Ai avut noroc.

Mi-a respins remarcile cu un gest al mâinii şi s-a trântit din nou pe canapea, nu fără să se strâmbe. Prostul, avea dureri peste tot.

— Acestea fiind zise, data viitoare când ai să te exilezi, du-te în țara pigmeilor! Drace, nu încape îndoială, tipul ăla este irlandez. A învățat să meargă pe un teren de rugbi. Când m-a trântit la pământ, am crezut că particip la Turneul celor şase națiuni...

— Pe scurt, te-ai distrat bătându-te cu țicnitul ăla.

— Îți jur, eram pe teren, cu mulțimea în delir.

— Iar balonul oval erai tu. Foarte drăguț totul, dar ai reuşit să-i dai şi tu?

— Am ezitat, nu voiam să-i stric gura frumoasă.

— Îți bați joc de mine!

— Da şi nu. Dar stai liniştită, ți-am apărat onoarea. I-am dat un croşeu de stânga frumos de l-am lăsat lat.

— Serios?

— Îi curgea sângele şi buza lui şi-a dublat volumul. Bate palma!

Am dansat dansul victoriei.

Sub duş râdeam încă de isprăvile lui Félix. Cât a durat micul dejun nu a încetat să vorbească. Mi-a dat veşti din Paris, mi-a povestit despre eliberarea apartamentului nostru. Părinţii mei şi cei ai lui Colin luaseră lucrurile, nu mai rămăsese nimic. Apoi, a făcut bilanţul cafenelei. Încasările păreau într-un punct mort. Într-o zi va trebui să iau din nou afacerea în mâini.

Înfăşurată în prosopul de baie, mă gândeam la lipsa dorinţei de a mă întoarce în Franţa. Mi-am privit imaginea în oglindă şi un amănunt m-a surprins. Ceafa mea era goală.

— Félix!

— Ce-i? a strigat urcând câte patru trepte odată.

— Mi-am pierdut verigheta.

Am început să plâng.

— Ce spui?

— Ieri-seară o aveam la gât.

— Nu te nelinişti, o s-o găsim. Probabil ai pierdut-o la pub. Îmbracă-te.

Zece minute mai târziu, eram pe drum. Pubul era închis. I-am arătat lui Félix drumul până acasă la Abby şi Jack. Judith avea cheia.

Am bătut la uşă cât timp Félix căuta prin maşină.

— Ce surpriză să te văd astăzi, mi-a spus Abby deschizându-mi.

— Bună, Abby, aş vrea s-o văd pe Judith, e urgent.

— Doarme, dar poate te pot ajuta eu.

— Trebuie să intru în pub, am pierdut ceva azi-noapte, i-am spus cu lacrimi în ochi.

— Draga mea, ce-ai păţit?

— Ajută-mă, te rog.

Eram în brațele lui Félix când Abby, Jack și Judith au ajuns la pub. Judith s-a repezit spre noi, dar s-a concentrat asupra lui Félix.

— Ce s-a întâmplat? l-a întrebat atingându-i ochiul. Jack, vezi ce are.

— Nu-i nimic, am făcut niște tumbe cu fratele tău.

— Ai făcut ce, cu fratele meu?

— *Secret boy*, tot ce pot să-ți spun este că era solid. Dar nu contează, ocupă-te de Diane.

— Dacă zici tu. Bun, e rândul tău acum, mi-a spus ea deschizând ușa. Ar fi bine să fie important, pentru că vreau să lămuresc treaba.

— Este.

Am intrat în pub și am încremenit câteva clipe.

— Ai făcut deja curat?

— Da, diseară e deschis. Abia mă culcasem când m-a scos Abby din pat. Dar ce-ai pierdut de fapt?

— O bijuterie.

Am început să mă uit pe jos.

— Nu-i un capăt de lume, ai să-ți cumperi alta.

— Nu.

Ridicasem tonul, sculându-mă în același timp dintr-un salt. Judith a dat un pas înapoi.

— Judith nu e vinovată, mi-a spus Félix, apropiindu-se de mine. Hai, o să căutăm amândoi.

Fiecare dintre noi a luat-o în câte o parte a pubului. Eu mă târam pe jos, pipăiam parchetul în speranța că degetele mele vor da peste lănțișor.

— Diane, m-a strigat încetișor Abby, îngenunchind lângă mine. Diane, uită-te la mine.

Mi-a pus mâna pe braț.

— N-am timp.

— Spune-ne ce cauți, ca să putem să te-ajutăm.

— Mi-am pierdut verigheta. O port la gât.

— Ești măritată? a întrebat Judith.

Cuvintele au refuzat să iasă.

— S-o lăsăm pe Diane să caute singură, a spus Abby.

M-am închis în mine, nu mai înțelegeam nimic din ce se petrecea în jurul meu. Mergeam în genunchi, împingeam mesele și scaunele, căutam printre bucățile de parchet ca să văd dacă lănțișorul nu alunecase.

— Unde sunt pubelele? am întrebat ridicându-mă.

— M-am uitat deja, nu e nimic, mi-a răspuns Félix.

— Nu te-ai uitat bine.

M-am prăbușit la pământ și m-am ținut cu mâinile de stomac plângând. Félix m-a luat în brațe și m-a legănat. L-am bătut cu pumnii în piept.

— Liniștește-te... liniștește-te.

— Este imposibil, nu se poate s-o fi pierdut.

— Îmi pare rău.

— Poate că este timpul să întorci pagina, a intervenit Judith. Nu știu, dar dacă soțul tău ți-a dat papucii...

— Nu mi-a „dat papucii".

Félix m-a prins de mână și mi-a strâns-o cu putere. Nu aveam aer și m-am ghemuit din nou la pieptul lui. Fără să mă îndepărtez, m-am întors spre Judith.

— Colin a... Colin a murit.

— Mergi până la capăt, mi-a șoptit Félix la ureche.

— Iar Clara... fiica noastră... a plecat cu el.

Judith și-a dus mâna la gură. Félix m-a ajutat să mă ridic. Am întâlnit privirile lui Abby și Jack fără să le văd.

— Am să mai caut, o voi găsi, a promis Judith.

Abby și Jack s-au mărginit să mă îmbrățișeze. Eu stăteam cu brațele lăsate pe lângă corp, cu privirea în gol.

Félix m-a sprijinit până la mașină. Mi-a pus centura de siguranță și a pornit spre casă.

M-a ajutat să mă culc. După ce m-a făcut să înghit o aspirină, s-a lungit lângă mine și m-a luat în brațe. Am pierdut noțiunea timpului. Eram goală.

— Trebuie să plec, mi-a spus. Am avion. Vrei să te întorci cu mine?

— Nu, rămân aici.

— Te sun repede.

I-am întors spatele. M-a îmbrățișat. N-am avut niciun gest pentru el. Ascultam sunetul pașilor lui. A închis în liniște ușa locuinței. Am auzit mașina îndepărtându-se. Eram singură. Iar Colin și Clara muriseră a doua oară.

După trei zile eram tot înțepenită într-un fotoliu din living. Țineam încă în mână fotografiile cu Clara și Colin. Înainte să plece la Dublin, Judith a venit să-mi spună la revedere. Nu-mi găsise verigheta.

Când s-au auzit din nou bătăi în ușă, m-am dus târându-mi picioarele să deschid. În prag stătea Edward.

— Ești ultima persoană pe care vreau s-o văd, i-am spus, încercând să închid ușa la loc.

— Așteaptă, mi-a răspuns blocând-o cu pumnul.

— Ce vrei?

— Să-ți dau asta, tocmai am găsit-o în fața casei mele. Probabil ți-a căzut în noaptea aceea. Poftim.

Nu mai puteam să mă mișc, mă uitam la verigheta care se legăna în fața ochilor mei. Tremurând, am întins o mână. Lacrimile mi-au curs pe obraji. Edward a dat drumul ușor lănțișorului când palma mea s-a închis peste el. M-am aruncat în brațele lui hohotind puternic. El a rămas fără reacție.

Corpul meu se elibera de toată tensiunea acumulată în acele ultime zile. M-am agăţat de Edward ca de un colac de salvare. Lacrimile mele păreau inepuizabile. I-am simţit mâna pe păr. Acest simplu contact m-a uşurat, dar m-a făcut şi să realizez în ale cui braţe eram.

— Scuză-mă, i-am spus, îndepărtându-mă uşor de el.

— Ar trebui să ţi-l pui din nou la gât.

Mâinile îmi tremurau atât de tare, că nu eram în stare să închei lănţişorul.

— Să te-ajut.

A luat lănţişorul, l-a desfăcut şi şi-a petrecut braţele în jurul gâtului meu. Mâna mi-a plecat direct în căutarea verighetei, pe care am strâns-o cu toată puterea. Edward s-a dat înapoi şi câteva secunde ne-am privit în ochi.

— Te las, a spus, trecându-şi o mână peste faţă.

— Pot să-ţi ofer ceva de băut?

— Nu, am treabă. Altă dată.

Nu am avut timp să-i răspund, plecase deja.

M-am dus în vizită la Abby şi Jack ca să le mulţumesc pentru ajutorul lor. Fuseseră foarte discreţi în această privinţă. Cu totul altceva însemnase s-o împac pe Judith prin telefon, nu înţelegea de ce nu vorbisem mai devreme. Simţeam că-şi stăpâneşte cu greu curiozitatea. În schimb, încă nu avusesem îndrăzneala să-i mulţumesc cum se cuvine vecinului meu.

Luam aer stând pe plajă, când l-am văzut pe Postman Pat alergând spre mine. A venit să-mi ceară mângâieri şi s-a culcat la picioarele mele. Picase la ţanc, începeam să îngheţ stând pe loc şi el mă încălzea deja.

— Auzi, ai putea să-mi dai o mână de ajutor, nu prea ştiu ce să-i spun stăpânului tău. Mi-a salvat încă o dată viaţa şi n-aş vrea să par nerecunoscătoare. Ai vreo idee?

El și-a băgat capul între labe și a închis ochii.

— Nu ești mai vorbăreț decât el, hm?

— Bună, a spus o voce aspră în spatele meu.

De când stătea acolo?

— Bună.

— Dacă te deranjează, alungă-l.

— Nu, dimpotrivă.

Lui Edward i-a apărut un zâmbet în colțul gurii. Eram sigură că auzise totul. S-a lăsat pe vine și a pus o geantă jos. A scos din ea un aparat foto, și-a aprins o țigară și, fără un cuvânt, mi-a întins pachetul. M-am servit și mi-am luat inima-n dinți.

— Voiam să-ți mulțumesc.

— E în regulă.

— Nu, aș vrea să fac ceva pentru tine. Spune-mi ce.

— Ești încăpățânată. Dar dacă insiști, plătește-mi o bere diseară la pub.

S-a ridicat și a luat-o spre mare.

— Pe mai târziu, a spus simplu.

Parcasem în fața pubului de un sfert de oră. Edward era deja acolo. Nu reușeam să ies din mașină. Mă pregăteam să mă duc să beau o bere cu dușmanul meu declarat. E adevărat, îmi recuperase verigheta, dar asta nu schimba lucrurile. Mi-ar fi plăcut să am siguranța că nu vom sfârși cu un meci de box. Împingând ușa pubului, l-am văzut instalat la bar, cu o bere în față și un ziar în mână. M-am dus la el și am rămas în picioare alături. El nu mi-a remarcat prezența.

— Iar o să trebuiască să ți-l smulg din mâini? l-am întrebat.

— Credeam că n-ai să vii.

— Asta pentru că nu mă cunoşti.

A făcut un semn barmanului, care s-a apropiat. Edward i-a dat halba goală şi a mai comandat două. Până să reacţionez, a şi plătit în locul meu. Judith mă prevenise că fratele ei este un macho.

Mă simţeam rău, foarte rău. O halbă de Guinness mă sfida. Remarcasem că toate irlandezele beau aşa ceva, dar eu nu eram irlandeză. Eram o micuţă pariziancă şi ferm convinsă că berea asta era scârboasă. Stomacul meu îndurase deja vinul lor prost, acum trebuia să facă faţă şi berii. Şi-apoi, n-aveam încotro. Nici nu se punea problema s-o fac pe nebuna cu tipul ăsta.

— Pentru ce bem? am întrebat resemnată.

— Pentru armistiţiu.

Mi-am făcut curaj şi am luat o înghiţitură. Apoi şi pe-a doua.

— E bună porcăria asta, are gust de cafea, mi-am zis.

— Scuză-mă, nu am înţeles, ai vorbit în franceză.

— Nimic, nu contează.

Tăcerea care s-a lăsat între noi m-a incomodat.

— Eşti mulţumit de fotografiile pe care le-ai făcut azi?

— Nu prea.

— Nu te-ai plictisit să fotografiezi mereu acelaşi lucru?

— Nu este întotdeauna la fel.

S-a lansat într-un curs magistral despre fotografie. Părea vrăjit de meseria lui. Mă interesa ceea ce spunea şi eram prima care se mira de acest lucru.

— Din asta trăieşti?

— Nu rabd de foame, dar încerc să mă concentrez la maximum pe ceea ce-mi place. Şi tu, ce faci la Paris?

Am oftat adânc înainte să mai comand un rând. De data asta, i-am luat-o înainte şi am plătit eu. În două ore, devenisem dependentă de Guinness. Am înghițit o halbă plină.

— Aveam o cafenea literară.

— Cu soțul tău?

— Nu, Colin m-a ajutat s-o deschid, dar asociatul meu e Félix.

— Ce?! Nebunul cu care m-am bătut?

— Chiar el. Dar apropo, frumoasă amintire ți-a lăsat nebunul despre trecerea lui.

Am îndreptat degetul spre tăietura care îi marca încă buza. Ca să fim drepți, Félix își exagerase cu mult isprăvile.

— Am fost destul de ridicoli, mi-a spus Edward zâmbind. Pe scurt, vrei să spui că în acest moment Félix ține o cafenea literară?

— Da, de un an și jumătate este absolut singur la conducere.

— Probabil că sunteți în pragul falimentului, nu? Nu zic că nu-i simpatic, dar nu mi-l închipui ca pe un administrator sau un patron prea bun.

— Nu te înșeli. Dar am și eu partea mea de vină. N-am făcut niciun efort să iau din nou frâiele în mâini și, chiar înainte de moartea lui Colin și a Clarei, nu prea mă omoram cu munca.

— O să trebuiască să te întorci acolo într-o zi, cred că e o șansă deosebită să ai o cafenea literară în plin Paris...

I-am evitat privirea.

Am ieșit împreună din pub, cu același reflex, de a aprinde o țigară. Pipa păcii. Edward m-a însoțit până la mașina mea înainte să urce într-a lui.

Mi-a trebuit ceva timp până să pornesc, atât eram de surprinsă de turnura pe care o luase acea zi. Un claxon m-a scos din gândurile mele. Maşina lui Edward era în dreptul meu. Am coborât geamul.

— O iau înainte, mi-a spus el cu un zâmbet uşor.

— Te rog.

A plecat ca din puşcă. Am ajuns acasă şi mi-am spus, pentru prima oară, că luminile de la vecinul meu nu mă deranjează.

De când Edward şi cu mine îngropaserăm securea războiului, nu încetam să ne întâlnim; pe plajă, la Abby şi Jack, unde petreceam tot mai mult timp, şi câteodată chiar în pub.

Mergeam pe plajă. Mă ocupasem de Postman Pat în timp ce Edward făcea fotografii. Când m-am întors lângă el, l-am văzut aranjându-şi în grabă materialul.

— Ce faci?

— N-am chef să mă ud, mă întorc.

— Fricosule.

Mi-a zâmbit.

— Şi tu ar trebui să faci la fel.

— Glumeşti, nu sunt decât trei norişori.

— Trăieşti de aproape şase luni aici şi încă n-ai înţeles clima. Îţi jur c-o să avem o ploaie serioasă.

A pornit spre casă agitând mâna. Postman Pat ezita între stăpânul lui şi mine. I-am aruncat un băţ şi el a rămas să se joace.

Dar jocul n-a durat mult, şiroaie de apă s-au abătut asupra noastră în mai puţin de un sfert de oră. Alergam spre casă, cu câinele în faţă. Într-o zi trebuia să mă las de fumat şi aveam să pot face un sprint. Uşa de la casa lui Edward era deschisă şi Postman Pat a năvălit înăuntru. Fără să mă gândesc, l-am urmat şi am împietrit în antreu, când l-am văzut pe Edward.

— Vino, n-am să te mănânc, mi-a spus.

— Nu, mă întorc la mine.

— Nu ești destul de udă? Nu-ți ajunge?

Am dat din cap în semn de încuviințare.

— Hai, intră și stai la căldură.

A urcat la etaj. Era aceeași dezordine la el. M-am dus direct să-mi întind mâinile în fața focului. M-am pierdut în contemplarea unei fotografii așezate pe polița de deasupra, fotografia unei femei pe plaja din Mulranny. Dacă el era autorul fotografiei, Edward avea talent.

— Pune-ți ăsta, mi-a spus venind la spatele meu.

Am luat puloverul pe care mi-l dădea. Îmi ajungea până la genunchi. Apoi Edward mi-a întins o ceașcă de cafea. Am acceptat-o cu plăcere și m-am concentrat din nou pe fotografie, fără să mă îndepărtez de foc.

— Nu sta în picioare.

— Este una dintre fotografiile tale?

— Da, am făcut-o cu puțin timp înainte să mă hotărăsc să locuiesc aici.

— Cine e femeia?

— Nimeni.

M-am întors și m-am rezemat de șemineu. Edward stătea pe una dintre canapele.

— De când locuiești în Mulranny?

S-a aplecat spre măsuța joasă ca să-și ia țigările. După ce a aprins una, a pus coatele pe genunchi și s-a scărpinat în barbă.

— De cinci ani.

— De ce ai plecat din Dublin?

— E un interogatoriu?

— Nu... nu... îmi pare rău, sunt prea curioasă.

Am dat să-mi scot puloverul.

— Ce faci? m-a întrebat Edward.

— Nu mai plouă, n-o să te mai deranjez mult timp.

— Nu vrei să afli de ce am devenit un pustnic?

Mi-am băgat iarăşi puloverul pe cap, ceea ce echivala cu un „ba da".

— De fapt, am plecat din Dublin pentru că nu mai suportam oraşul.

— Totuşi Judith spune că îţi plăcea acolo şi eu credeam că te bucuri să fii lângă ea.

— Trebuia să-mi schimb viaţa.

S-a închis ca o scoică şi s-a ridicat brusc.

— Rămâi la masă?

Odată surpriza trecută, am acceptat propunerea. Edward trebăluia prin bucătărie şi îmi interzisese categoric să-l ajut.

În timpul mesei, mi-a vorbit despre Judith, despre părinţii lor, despre unchiul şi mătuşa lor. Eu i-am făcut mărturisiri despre raporturile din ce în ce mai conflictuale cu familia mea. A avut pudoarea să nu-mi pună nicio întrebare despre Colin şi Clara.

Am arătat primele semne de oboseală.

— Cine e fricoasă acum? m-a întrebat Edward.

— E timpul să mă întorc la mine.

Edward m-a însoţit până la uşă. Am observat o geantă de călătorie pusă pe jos.

— Pleci?

— Mâine-dimineaţă, am un reportaj la Belfast.

— Ce faci cu câinele?

— Îl vrei?

— Dacă asta te ajută.

— Ia-l, e al tău.

Am deschis uşa şi am reuşit să-l fluier pe Postman Pat, care a venit în fugă. Edward i-a oferit o mângâiere care a semănat mai mult cu o palmă. După câțiva pași, m-am întors spre el.

— Când te întorci?

— Peste opt zile.

— OK. Noapte bună.

Vremea fusese oribilă toată ziua și aproape că nu scosesem nasul afară. M-am distrat gătind, îmi venise cheful să fac asta. Și-apoi, era practic să am o pubelă vie la dispoziție.

Mâncarea era pe foc. Stăteam confortabil pe canapea, cu câinele la picioare, un pahar de vin pe brațul canapelei, cufundată în *Viața frumoasă* a lui Jay McInerney, cu un pian ca fond sonor. Starea de bine mi-a fost tulburată de niște bătăi în ușa de la intrare. Postman Pat nu s-a mișcat, nici el nu voia mai mult decât mine să fie deranjat. M-am dus totuși să deschid și am dat peste Edward.

— Bună seara, a spus.

— Nu mi-am dat seama că te întorci astăzi.

— Pot să plec din nou, dacă vrei.

— Prostule, intră.

M-a urmat până în salon, câinele a catadicsit să se bucure, dar s-a întors rapid la locul lui. Edward a privit în jur.

— Faci turul proprietății? l-am întrebat.

— Deloc, dar e mult timp de când nu am mai intrat aici.

— Te rog, simte-te ca acasă.

— N-aș îndrăzni.

— Te servesc cu un pahar?

— Cu plăcere.

M-am dus în bucătărie. Am profitat ca să verific conținutul oalei mele minune. Gătisem o cantitate de trei ori mai mare decât aveam nevoie. M-am rezemat de aragaz ca să-mi păstrez echilibrul. M-am întors la Edward şi i-am întins paharul, fără un cuvânt.

— E în regulă? a întrebat.

— Ai rămâne să mănânci cu mine?

— Nu ştiu...

Am aprins o ţigară şi m-am oprit în faţa uşii cu geam. Nu se vedea nimic, era noapte.

— Am gătit astăzi pentru prima oară după mai bine de un an şi jumătate şi am încă în obişnuinţă porţiile familiale. Am mâncare cât pentru un regiment. Mi-ar plăcea să mănânci cu mine.

— Ar fi nepoliticos să refuz.

— Mulţumesc, am răspuns lăsând capul în jos.

În timpul cinei, Edward mi-a povestit cum a fost săptămâna lui. L-am făcut să râdă cu aventurile datorate fugii câinelui. Uneori priveam scena cu ochii minţii, spunându-mi că luam cu plăcere masa la mine în casă cu cel pe care, cu doar câteva săptămâni în urmă, îl numeam gunoiul de vecin. Era suprarealist.

După ce am golit cafetiera, m-am întors în living şi l-am găsit pe Edward, cu ţigara în gură, în picioare, în mijlocul camerei. Nu vedeam ce are în mână şi priveşte. A ridicat capul şi şi-a aţinit privirea într-a mea.

— Alcătuiaţi o familie frumoasă.

M-am apropiat de el şi i-am luat fotografia din mână. M-am aşezat, el s-a lăsat lângă mine. Era una dintre ultimele noastre fotografii de familie, făcută cu câteva săptămâni înainte de moartea lor.

— Ţi-i prezint pe Colin şi pe Clara, i-am spus mângâind chipul fiicei mele.

— Îţi seamănă.

— Crezi?

— Te las să dormi.

Şi-a pus geaca, a fluierat după câine şi a pornit spre ieşire.

— Peste trei zile plec pe insula Aran, a spus.

— Vrei să am grijă de Postman Pat?

— Nu, vino cu mine.

— Poftim?

— Vino cu mine acolo. N-o să-ți pară rău.

Şi spunând asta, a plecat.

Șapte

N-am stat mult pe gânduri înainte să accept propunerea lui Edward. Am plecat sub privirile stupefiate ale lui Abby şi Jack, cărora de data asta li l-a lăsat pe Postman Pat.

Traseul cu maşina şi traversarea pe mare le-am făcut în cea mai mare tăcere. Cu el, învățam să nu vorbesc ca să nu spun nimic.

Abia am pus piciorul pe insulă şi el m-a dus la una dintre extremitățile acesteia, unde luminozitatea era, se pare, perfectă pentru fotografiile lui. Acolo am început să regret serios că venisem cu el. Avusesem întotdeauna rău de înălțime şi ne aflam pe marginea unei faleze, la o înălțime de peste nouăzeci de metri.

— Voiam să-ți arăt locul ăsta. E copleşitor, nu crezi? m-a întrebat.

Terifiant mi se părea mai potrivit.

— Îți dă impresia că eşti singur pe lume.

— De-aia îmi place să vin aici.

— Cel puțin, nu te deranjează vecinii.

În acel moment am schimbat o privire grea de semnificații.

— M-apuc de treabă, a anunțat Edward. Tu rămâi aici și onorează tradiția insulei.

— Ce înseamnă asta?

— Fiecare călător trebuie să se lungească pe burtă și să-și aplece capul deasupra vidului. E rândul tău!

A început să se îndepărteze, l-am reținut apucându-l de braț.

— E o glumă?

— Ți-e frică?

— A, nu, deloc, dimpotrivă, i-am răspuns pe un ton înțepat. Ador senzațiile tari.

— Atunci, fă-ți plăcerea.

De data asta a plecat de-a binelea. Îmi lansa o provocare. Am aprins o țigară. Apoi, m-am așezat în genunchi. Singura soluție ca să mă apropii de margine era să mă târăsc. Ca într-un antrenament de comando. Primele tremurături au apărut la un metru de obiectiv. Mușchii mi-au înțepenit, eram paralizată și nu departe de a urla de groază. Timpul trecea și eram incapabilă să mă ridic și să mă îndepărtez de prăpastie. Să-mi mișc capul ca să văd unde își făcea Edward fotografiile mi se părea imposibil, aș fi căzut sigur. I-am șoptit numele ca să-mi vină în ajutor. Niciun efect.

— Edward, vino, te rog, am strigat cu voce tare.

Minutele mi s-au părut ore. Edward a venit în sfârșit.

— Ce faci tot aici?

— Iau ceaiul, nu se vede?

— Nu-mi spune că ai amețeli.

— Ba da.

— De ce ai vrut să faci asta?

— De-aia. Fă ceva, orice, trage-mă de picioare, dar nu mă lăsa aici.

— Nu conta pe asta.

Ticălosul. Am simţit cum se lungeşte lângă mine.

— Ce faci?

Fără un cuvânt, s-a apropiat şi mai mult, şi-a trecut un braţ peste spatele meu şi m-a strâns lângă el. Eu încă nu mişcam.

— Înaintează cu mine, mi-a spus încetişor.

— Nu, am şuierat.

Când l-am simţit pe Edward începând mişcarea spre margine, mi-am ascuns capul în gâtul lui.

— O să cad.

— N-am să te las.

Am întors încet faţa. Vântul m-a biciuit şi părul mi-a zburat în toate părţile. Am deschis încetişor ochii şi am avut senzaţia că sunt aspirată într-o prăpastie văzând valurile care se spărgeau de pereţi. Strânsoarea lui Edward s-a întărit. Am clipit din ochi, m-am lăsat pe mâna lui, nu puteam să controlez nimic. Tot corpul mi s-a relaxat. În cele din urmă, am întors capul spre Edward. Mă privea.

— Ce-i? l-am întrebat.

— Profită de spectacol.

I-am aruncat o ultimă privire şi m-am aplecat din nou. După aceea Edward s-a ridicat, m-a luat de mijloc şi m-a ridicat şi pe mine în picioare. Am schiţat un zâmbet.

— Ne întoarcem, m-a anunţat punându-şi o mână în scobitura spatelui meu.

Am petrecut seara în pubul din port. Pe drumul de întoarcere la pensiunea unde ne cazaserăm am aflat că a doua zi avea să plece devreme, avea de făcut fotografii la răsăritul soarelui.

M-am întins în pat, dormisem ca un bebeluş. Ziua era deja înaintată. Când m-am ridicat, am văzut o hârtie băgată pe sub uşa camerei. Erau o hartă a insulei şi un bilet. Edward îmi spunea unde îşi va petrece ziua.

Proprietarul mi-a servit un mic dejun pantagruelic. Devorându-l, l-am ascultat vorbindu-mi despre Edward şi despre şederile lui de unul singur acolo.

Puțin mai târziu, ajungeam la capătul drumului. Mersesem mai mult de o oră prin landă. Plaja era în fața mea, îl vedeam pe Edward în depărtare, cu aparatul foto în mână. Dacă nu mi-ar fi fost teamă că-l deranjez, cred c-aş fi alergat la el, fără să ştiu prea bine de ce. M-am aşezat ca să-l observ. Am luat un pumn de nisip şi m-am jucat cu el. Mi-era bine, nu mă mai simțeam apăsată. Viața îşi relua drepturile, iar eu nu mai voiam să lupt împotriva ei.

Edward venea pe plajă, cu geanta pe umăr, cu țigara în gură. Ajuns lângă mine, s-a aşezat alături.

— Somnoroasa s-a trezit?

Am lăsat capul în jos, zâmbind. Am simțit că se apropie. Buzele lui s-au aşezat pe tâmpla mea.

— Bună, a spus simplu.

Eram tulburată.

— Şi fotografiile? am întrebat ca să trec la altceva.

— Voi vedea la developare, nu înainte. Am terminat pentru astăzi. Vrei să mergi un pic pe jos? a propus el sculându-se.

Am ridicat fața spre el. L-am privit fix, îmi venea să-l iau de mână şi nimic nu mă împiedica. M-a tras înspre el. Am rămas aşa câteva clipe, învăluită în sentimentul de siguranță care mă stăpânea. În cele din urmă, m-am îndepărtat încet. Am mers către mare, am privit înapoi, Edward mă urma, i-am zâmbit, el mi-a întors zâmbetul.

Dormisem jumătate din zi şi totuşi eram epuizată. Iar o să cad lată.

— Ce ai programat pentru mâine? l-am întrebat pe Edward în faţa uşii camerei mele.

— Am găsit un vapor care să mă ducă pe o altă insulă, în larg, să-mi petrec ziua.

— Pot să vin cu tine?

A zâmbit şi şi-a trecut o mână peste faţă.

— Lasă, o să te încurc, i-am zis deschizând uşa camerei.

— N-am spus nu.

M-am întors şi l-am privit.

— Vino cu mine, dar va trebui să te trezeşti în zori.

Un zâmbet i s-a ivit în colţul buzelor.

— Hei! Sunt în stare să mă trezesc!

— În cazul ăsta, vin să te iau la ora şase.

S-a apropiat de mine şi a făcut acelaşi gest ca după-amiază, m-a sărutat pe tâmplă.

Pusesem să sune deşteptătorul din cameră şi alarma de la mobilul meu. Când s-au declanşat toate soneriile, am sărit în sus. Aveam impresia că abia adormisem. Am crezut că mă prăbuşesc de oboseală sub duş. Am deschis uşa în fugă la ora şase fix. Cu ochii pe jumătate închişi, l-am văzut pe Edward, proaspăt ca o garoafă.

— De pe ce planetă vii? l-am întrebat cu vocea somnoroasă.

— Dorm puţin.

— Există cuşete pe vapor?

Mi-a făcut semn să-l urmez. A făcut un ocol pe la bucătărie în timp ce eu mă rezemam de zidul de la intrare întrebându-mă cum o să rezist toată ziua.

— Poftim.

Am deschis ochii. Îmi întindea un termos.

— Este ceea ce cred eu?

— Încep să te cunosc.

— Mulțumesc, Doamne!

Doza de cofeină și ceea ce am descoperit când am ajuns în port m-au făcut să mă trezesc. În depărtare se auzea zgomotul năvoadelor și se vedea bruma în noapte datorită spoturilor vapoarelor de pescuit. Am înțeles foarte repede că urma să ne urcăm într-una dintre aceste ambarcațiuni. Nu-mi mai lipseau decât un impermeabil galben și cizme bleumarin ca să par foarte pariziancă pe mare. Am stat deoparte cât timp Edward s-a dus să-i salute pe marinari. Aveau toți câte o țigară în gură și fețele brăzdate de riduri, după cum le modelase natura. Forța naturii. M-am simțit foarte incomod când s-au întors toți spre mine. Edward mi-a făcut semn să mă apropii pentru îmbarcare.

— O să rămâi în cabina de pilotaj, mi-a spus.

— Și tu?

— Mă duc cu ei.

— Bine.

— Să nu te miști de-acolo, o să vin după tine. Și, hm... nu te atinge de nimic și nu deschide gura.

— Știu să mă abțin.

— Nu cunoști zicala? O femeie pe vapor aduce ghinion. Iar tu nu erai prevăzută în program, a trebuit să mă lupt ca să vii cu mine.

— Ce le-ai spus ca să-i convingi?

M-a privit, foarte serios deodată, și și-a trecut mâna peste față.

— Nimic deosebit.

M-a lăsat acolo.

Pentru că nu cauzasem nicio problemă în timpul traversării, am avut parte de zâmbete când am coborât de pe vapor.

După ce am petrecut dimineaţa în port, în mijlocul traulerelor, am plecat spre plajă. De fapt, nu era o plajă, ci un golfuleţ înconjurat de faleze. Edward s-a apucat să lucreze, iar eu am profitat ca să descopăr ce se ascundea după stânci. Le-am escaladat. Nimic altceva decât mare cât vedeai cu ochii. M-am rezemat de stâncă şi am închis pleoapele. O rază de soare mă încălzea, am savurat momentul.

Edward m-a strigat, din spate.

— Diane!

— Da?

Am aruncat un ochi spre el şi zâmbetul mi s-a şters când am văzut că tocmai îmi făcuse o fotografie. A afişat un aer satisfăcut şi a plecat din nou. M-am grăbit să cobor de pe stâncă şi să alerg după el.

— Arată-mi imediat fotografiile alea!

— Proprietatea artistului, mi-a răspuns ridicând aparatul.

M-am învârtit în jurul lui încercând, în van, să i-l iau. Am sfârşit prin a cădea în nisip. Edward mi s-a alăturat.

— Le voi vedea într-o zi?

— Dacă eşti cuminte.

Am observat aparatul abandonat lângă noi. Cât ai clipi, am trecut peste el, am înhăţat obiectul dorinţei mele şi am fugit ca un iepure. Crezând că am câteva fracţiuni de secundă de răgaz, am întors aparatul pe toate părţile.

— Cum se porneşte chestia asta?

— Aşa.

Edward era chiar în spatele meu. Şi-a trecut brațele de fiecare parte a corpului meu, şi-a pus mâinile peste ale mele şi m-a ghidat. Ecranul s-a aprins.

— Chiar vrei să le vezi acum? mi-a spus la ureche.

— Aştept, cu o condiție.

— Te ascult.

— Vreau nişte fotografii cu tine.

— Nu suport să mi se facă fotografii.

— Domnului fotograf îi este cumva frică să fie fotografiat?

Nu a răspuns şi a început să aranjeze reglajul aparatului. Fața lui aplecată peste umărul meu avea un aer concentrat. A ridicat brațul şi a apăsat fără să mă prevină.

— Zâmbeşte, Edward. Aşteaptă, o să te-ajut.

M-am rotit în brațele lui, el a încruntat din sprâncene. I-am pus mâinile pe față şi l-am tras de colțurile gurii.

— Vezi, când vrei! Hai, fă-ți treaba!

Era prima dată când îl vedeam pe Edward atât de vesel, aproape nepăsător. M-a pus să mă cațăr în spatele lui pentru o serie de clişee. Am gesticulat atât de tare, că am sfârşit amândoi pe jos. Am reuşit să-i smulg aparatul din mâini şi am luat-o la fugă. Când m-am întors, am văzut că Edward nu se mişcase din loc şi că mă urmărea din ochi. S-a aşezat, şi-a aprins o țigară, a întors capul şi privirea i s-a pierdut în gol. Prin nu ştiu ce miracol, am reuşit să imortalizez scena. M-am apropiat şi am rămas în picioare în fața lui.

— Şi, ce crede profesionistul?

Şi-a îndesat o țigară în colțul buzelor, şi-a recuperat aparatul şi s-a aplecat asupra lui. A ridicat ochii spre mine când a descoperit că subiectul fotografiei era el.

— Vino aici, mi-a spus arătând spaţiul dintre picioarele lui.

M-am aşezat, el m-a înconjurat cu braţele şi mi-a pus ecranul sub ochi.

— Nu e rău deloc pentru o începătoare, a declarat. Dar vezi, acolo, lipseşte...

Nu mai auzeam ce-mi spunea, l-am privit şi l-am redescoperit, cu părul în dezordine, barba de trei zile, culoarea ochilor. I-am simţit parfumul pentru prima oară, un amestec de săpun şi tutun tare. Emoţia a fost atât de puternică, încât a trebuit să închid ochii.

— Mai facem una, ultima.

I-am întâlnit privirea asupra mea. S-a uitat la aparat fără să mă scape din ochi. A pus o mână pe obrazul meu. M-am sprijinit de palma lui.

— Trebuie să ne întoarcem în port, vaporul n-o să ne-aştepte, a spus, cu vocea mai aspră ca de obicei.

S-a ridicat, şi-a aranjat materialul şi m-a ajutat să mă ridic şi eu. Mâinile noastre au rămas înlănţuite un moment lung pe drumul de întoarcere.

— Trezeşte-te. Am ajuns.

Era glasul lui Edward. Adormisem în braţele lui, cât ţinuse traversarea. Mă mângâia pe obraz ca să mă ajute să mă dezmeticesc. Mi-am frecat faţa de el, mă simţeam bine.

Proprietarul de la pensiune ne-a întâmpinat, în ciuda orei târzii. Ne păstrase ce rămăsese de la cină ca să mâncăm. Edward era aici ca la el acasă. A încălzit mâncarea şi ne-a servit câte un pahar, în vreme ce eu, cocoţată pe un scaun de bar, îl priveam fără să fac nimic. La masă, n-am schimbat decât priviri, niciun cuvânt.

— N-ai uitat că mâine ne întoarcem la Mulranny? m-a întrebat Edward după cină, când fumam o țigară afară.

— Nici nu m-am gândit la asta, i-am răspuns, simțind brusc o greutate în stomac.

— E în regulă?

— Mă simt liberă aici. Nu am chef să mă întorc.

— Să mergem la culcare.

Mi-a ținut ușa, am trecut pe lângă el atingându-l ușor, el m-a urmat până la camera mea. Când m-am întors, am fost surprinsă de apropierea lui. Ținea o mână ridicată, rezemată de perete și capul plecat.

— Mulțumesc pentru aceste trei zile.

— Am fost fericit să te am cu mine.

Şi-a adâncit privirea într-a mea. Inima mi s-a strâns. S-a apropiat de mine, buzele i s-au așezat pe tâmpla mea și au întârziat acolo. Ceva mai puternic decât mine m-a făcut să mă agăț de cămașa lui. S-a îndepărtat ușor și s-a aplecat. Frunțile ni s-au atins. Nu-mi mai stăpâneam respirația, stomacul mi s-a încordat. Gura lui a atins-o abia pe a mea o primă oară, apoi a doua. M-a cuprins și m-a sărutat apăsat, eu i-am întors sărutul. Când buzele noastre s-au separat, și-a lipit fruntea de a mea și m-a mângâiat pe obraz.

— Oprește-mă, te rog, mi-a șoptit.

Am lăsat ochii în jos și mi-am văzut mâinile încă agățate de cămașa lui. Toate simțurile îmi erau în fierbere, dar trebuia să-mi stăpânesc emoțiile. Împotriva dorinței mele, am desfăcut degetele de pe cămașa lui și, cât mai blând cu putință, l-am îndepărtat de mine. El s-a supus, prea ușor.

— Scuză-mă, a spus. Eu...

L-am făcut să tacă punându-i un deget pe buze.

— Cred că, pentru astă-seară, e mai bine să ne oprim aici.

L-am sărutat în colțul gurii. Am deschis ușa și am intrat în cameră. M-am întors spre el, care nu mă lăsa din ochi.

— Somn ușor, i-am spus foarte încet.

Și-a trecut o mână peste față, mi-a zâmbit și a făcut doi pași înapoi. Am închis ușa și m-am rezemat de ea. Doar în acel moment mi-am dat seama că picioarele îmi tremurau. Am ascultat zgomotele casei, l-am auzit pe Edward coborând din nou. Am zâmbit, se ducea să fumeze, eram sigură.

Încă răvășită, m-am strecurat sub plapumă. În penumbră, mi-am trecut degetele peste buze. Îmi plăcuse să le simt pe ale lui. Aș fi putut să merg mai departe, n-o făcusem. Prea repede, poate. M-am lungit în mijlocul patului. În ciuda pleoapelor grele, m-am uitat la raza de lumină de sub ușă. Apoi am auzit pași pe scară, care s-au oprit în fața camerei mele. M-am ridicat. Edward era acolo, foarte aproape. Mi-am lăsat picioarele jos gândindu-mă repede ce trebuia să fac. Eram hotărâtă să-i deschid ușa când l-am auzit plecând spre camera lui. Întunericul s-a făcut deplin, m-am culcat la loc. Simțind cum mă cuprinde somnul, mi-am spus că a doua zi îl voi vedea pe Edward. Eram nerăbdătoare.

Am deschis ochii și primele mele gânduri au fost pentru el. M-am uitat la ceas, vaporul nostru pleca peste o oră. Am făcut duș, m-am îmbrăcat, mi-am aranjat lucrurile și mi-am închis geanta. Pe culoar am aruncat o privire către ușa camerei lui, era deschisă. M-am dus să văd dacă era încă acolo. Nimeni. Se făcuse deja curat.

M-am dus la bucătărie. Nu l-am găsit decât pe proprietar. Mi-a zâmbit și mi-a întins o ceașcă de cafea. S-a grăbit să-mi servească încă unul dintre acele mic dejunuri ale sale al căror secret doar el îl cunoștea.

— Nu, mulțumesc. Nu mi-e prea foame în dimineața asta.

— Cum vreți, dar e mai bine să aveți ceva în stomac pe drum.

— Mă voi mulțumi cu cafeaua.

Stând în picioare, am băut câteva înghițituri.

— L-ați văzut pe Edward? l-am întrebat.

— S-a trezit cu noaptea-n cap. E și mai puțin vorbăreț decât de obicei, vă închipuiți?

— Greu de crezut.

— A plecat în port și după aceea s-a întors să achite cazarea.

— Și acum unde este?

— Ca un adevărat leu în cușcă, vă așteaptă afară.

— Ah...

Am înghițit și mi-am terminat cafeaua, sub privirea amuzată a gazdci.

— Sunteți foarte palidă. E din cauza traversării sau a lui Edward?

— Ce-ar fi cel mai rău?

A izbucnit în râs.

I-am făcut un mic semn cu mâna în chip de salut și m-am îndreptat spre ieșire.

Edward nu m-a observat venind. Cu chipul sever, trăgea din țigară ca un apucat. L-am strigat încetișor. S-a întors, m-a privit cu o expresie indescifrabilă pe chip și a venit spre mine. Fără un cuvânt, mi-a luat geanta. L-am apucat de braț.

— Te simți bine?
— Dar tu? m-a întrebat brutal.
— Da, mă rog, așa cred.
— Să mergem.

A schițat un zâmbet, m-a luat de mână și am pornit spre port. Cu cât înaintam mai mult, cu atât mă apropiam mai mult de el. Până la urmă, degetele noastre s-au înlănțuit.

Când am ajuns pe vapor, a trebuit să ne desprindem pentru ca el să-și dea jos bagajul din spate. L-am urmat pe punte. Era un vânt de te lua pe sus. A aprins o țigară pe care mi-a întins-o, am luat-o și l-am privit cum și-o aprinde pe-a lui. S-a rezemat de bastingaj. Am fumat în tăcere.

Vaporul a părăsit insula. Nu ne mișcaserăm.

— O să ne cam scuture, mi-a spus Edward îndreptându-se.
— Rămâi aici?
— Deocamdată. Tu intră, dacă vrei.

M-am ținut bine pe picioare și m-am agățat la rândul meu de parapet. Se legăna deja și vântul îmi făcea rău la urechi, dar pentru nimic în lume n-aș fi vrut să fiu în altă parte. Deodată, am fost la adăpost. Edward venise în spatele meu, cu brațele în jurul corpului meu, cu mâinile peste ale mele.

— Să-mi spui dacă ți-e rău, mi-a zis la ureche.

Se simțea râsul în vocea lui, l-am lovit ușor cu cotul în coaste.

Am stat cât a durat traversarea strânși unul într-altul și fără să schimbăm niciun cuvânt. Era atât de bine să profităm de asta în doi. Odată ce vaporul a fost pe chei, Edward s-a dus după gențile noastre de voiaj. M-a luat din nou de mână ca să mergem în parcare. Cât timp eu am urcat în maşină, el a pus bagajele în portbagaj. Când a urcat şi el, a oftat adânc. Probabil a simțit că-l priveam, căci s-a răsucit şi s-a uitat la mine.

— Ne întoarcem?

— Tu eşti şoferul.

Pe tot drumul ne-am închis fiecare în gândurile sale, legănați de muzica celor de la Red Hot Chili Peppers, amestec de blândețe şi brutalitate, după chipul lui Edward. Doar zgomotul brichetei se făcea auzit. Pe rând, am înşirat țigările una după alta. Peisajul defila sub ochii mei şi eu îmi pipăiam lănțişorul de la gât şi verigheta. Nu mai îndrăzneam să-l privesc pe Edward. Când am văzut indicatorul cu Mulranny, am simțit că trupul îmi devine rigid. A parcat maşina în fața casei mele şi a lăsat motorul să meargă.

— Bun, am treabă.

— Nicio problemă, i-am răspuns grăbită, coborând din maşină.

Am trântit portiera mai tare decât voisem. Mi-am luat lucrurile din portbagaj. Edward nu s-a mişcat, dar nici nu a pornit maşina. Ajunsă în fața uşii, mi-am căutat cheia. Când în sfârşit am găsit-o, eram atât de furioasă, încât nu reuşeam s-o bag în broască. Dacă nu avea nimic să-mi spună, n-avea decât să plece.

Am lăsat totul şi m-am întors în grabă. M-am ciocnit de Edward. El m-a prins de mijloc înainte să cad pe spate. Au trecut mai multe secunde. Apoi mi-a dat drumul. Mi-am trecut mâna prin păr, el şi-a aprins o țigară.

— Ai putea să vii la mine diseară? mi-a propus.

— Eu... da... mi-ar plăcea.

Ne-am privit lung. Tensiunea a crescut cu o treaptă. Edward a scuturat uşor din cap.

— Pe mai târziu.

M-am încruntat văzându-l că se apleacă. A luat cheia de pe jos şi a deschis uşa.

— E mai bine aşa, nu?

M-a sărutat pe tâmplă şi a plecat spre maşina lui fără să am timp să-i spun vreun cuvânt. I-am privit jeepul demarând într-un nor de praf.

Opt

Tocmai ieşisem de sub duş. Fusese lung, fierbinte şi relaxant. Stăteam goală în fața oglinzii şi-mi priveam trupul. Era multă vreme de când nu-i mai acordasem atenție. Se stinsese la moartea lui Colin. Edward îl trezise cu blândețe ieri. Ştiam ce avea să se petreacă între noi în seara aceea. Până atunci, credeam că niciun bărbat nu mă va mai atinge. Voi lăsa ca mâinile şi trupul lui Edward să le înlocuiască pe cele ale lui Colin? Nu trebuia să mă gândesc la asta. Mi-am reluat gesturile de femeie; m-am dat cu cremă pe piele, am pus o picătură de parfum între sâni, mi-am pieptănat părul, mi-am ales lenjeria, m-am îmbrăcat cu dorința de a seduce.

Se înnoptase deja. Eram foarte agitată, ca o adolescentă îndrăgostită, din cauza unui bărbat pe care, cu puțin timp în urmă, îl uram. Şi acum, câteva ore fără el mă făceau să-i simt lipsa. Am aruncat o privire pe fereastră, acasă la el luminile erau aprinse. Înainte să încep să-mi rod unghiile, am aprins o țigară. Mă plimbam prin cameră, mi-era cald, apoi frig. La ce bun să mai aştept? Mi-am luat haina de piele, am înşfăcat geanta şi am ieşit. Câțiva metri despărțeau casele noastre, am găsit timp totuşi să mai aprind o ţigară. M-am oprit în mijlocul drumului, mi-am spus că aş putea să mă întorc, el n-ar şti nimic, i-aş telefona, i-aş spune că nu mă simt bine. Eram îngrozită, sigur îl voi dezamăgi, nu mai ştiam cum s-o fac. Am râs singură. Ridicolă, asta eram, era ca mersul pe bicicletă, nu se uită. Am strivit mucul de ţigară şi m-am dus să bat la uşa lui. Edward a întârziat câteva secunde până să răspundă. M-a privit de sus până jos, după aceea şi-a cufundat privirea într-a mea. Respiraţia mi s-a îngreunat şi aparenţa de calm de care crezusem că dau dovadă s-a risipit.

— Intră.

— Mulţumesc, i-am răspuns cu glas stins.

S-a dat la o parte ca să mă lase să trec. Postman Pat s-a bucurat să mă vadă, dar asta nu m-a relaxat câtuşi de puţin. Am tresărit când am simţit mâna lui Edward pe spate. M-a condus până în salon.

— Te servesc cu un pahar?

— Da, aş vrea.

M-a sărutat pe tâmplă şi s-a dus în spatele barului. Decât să-l urmăresc cu privirea, am preferat să mă uit în jur ca să mă conving că era acelaşi Edward de dinaintea plecării noastre pe insula Aran, că vom petrece o seară absolut normală şi amicală, că îmi făcusem iluzii în legătură cu noi doi. Dezordinea lui legendară şi scrumierele care dădeau pe dinafară mă vor linişti. Am cercetat încăperea de mai multe ori la rând, pradă celei mai mari panici.

— Ai făcut curat?

— Te miră?

— Poate, nu ştiu.

— Vino şi ia loc.

Am aruncat o privire spre el. Mi-a făcut semn să mă așez pe canapea. M-am așezat pe margine. Am luat, fără să-l privesc, paharul de vin pe care mi-l dădea. Trebuia cu orice preț să găsesc un mod de a scăpa de nervozitate. Am luat o țigară, n-am avut timp să-mi aprind bricheta că mi-a apărut o flacără sub nas. I-am mulțumit lui Edward.

S-a așezat pe masa joasă în fața mea, a băut o înghițitură de Guinness și m-a privit. Am lăsat capul în jos. Mi-a ridicat bărbia.

— E totul în regulă?

— Sigur că da. Ce-ai făcut astăzi? Ai lucrat? Și fotografiile, cum au ieșit? Știi, cele pe care le-am făcut împreună.

Tirada mă lăsase fără suflu. Edward m-a mângâiat pe obraz.

— Relaxează-te.

Am dat afară tot aerul din plămâni.

— Scuză-mă.

M-am ridicat dintr-un salt și am mers încolo și-ncoace prin cameră înainte să mă opresc în fața șemineului. Mi-am terminat țigara, am aruncat mucul în foc. Am simțit prezența lui Edward în spatele meu. Mi-a luat paharul, l-a lăsat pe polița de deasupra șemineului și și-a pus mâinile pe brațele mele. M-am încordat.

— De ce ți-e frică?

— De tot...

— Cu mine n-ai de ce să te temi.

M-am întors ca să-l privesc în față. Mi-a zâmbit, mi-a dat la o parte părul de pe chip. M-am ghemuit în brațele lui. I-am respirat parfumul. Mâna i-a alunecat pe spatele meu. Am rămas îmbrățișați un lung moment. Mi-era bine. Toate îndoielile mi s-au risipit. L-am sărutat ușor. Mi-a luat fața în mâini, și-a lipit fruntea de a mea.

— Ştii că era gata să fac drumul înapoi cînd veneam spre tine?

— Vasăzică, am ratat o frumoasă ocazie să te linşez?

— Vrei să spui că ai fi venit să ceri explicații?

— Ba bine că nu.

Mă jucam cu un nasture de la cămaşa lui.

— M-am gândit la tine toată ziua.

Am ridicat ochii spre el, mi-a reținut privirea. Eu hotăram până unde vom merge. Atunci i-am cerut creierului meu să nu mai funcționeze; trupul va prelua comanda. M-am ridicat pe vârful picioarelor.

— Am încredere în tine, i-am spus, cu buzele lipite de ale lui.

I-am dat un sărut cum credeam că nu voi mai da niciodată. M-a prins de şolduri şi m-a lipit de el. M-am agățat de umerii lui. I-am simțit mâinile strecurându-mi-se pe sub haine, atingându-mi spatele, abdomenul, sânii. Mângâierile lui mi-au dat încredere în mine; i-am scos cămaşa din blugi, am descheiat-o, voiam şi eu să-i descopăr pielea, o piele caldă, vie. Buzele ni s-au dezlipit cât timp Edward mi-a dat jos tricoul. Privirile ni s-au întretăiat. M-a ridicat, mi-am pus picioarele în jurul taliei lui. Apoi ne-am lungit pe canapea. Am lăsat să-mi scape un oftat de plăcere când pielea mea şi-a lui s-au atins pentru a se lipi una de alta. I-am simțit barba gâdilându-mă pe gât când m-a sărutat lângă ureche.

— Eşti sigură? a şoptit.

L-am privit, mi-am trecut mâna prin părul lui, i-am zâmbit şi l-am îmbrățişat. În acel moment câinele a mârâit, lucru care ne-a tulburat un pic.

— Culcat, i-a ordonat Edward.

Am întors amândoi capul spre el. Arătându-şi colţii, continua să mârâie şi se uita fix la uşa de la intrare. Edward mi-a pus un deget pe buze ca să mă împiedice să vorbesc. S-au auzit două bătăi în uşă.

— Ar trebui să te duci să vezi cine e, am şoptit. Poate este important.

— Avem lucruri mai bune de făcut.

S-a năpustit peste gura mea descheindu-mi în acelaşi timp nasturii de la blugi. Nu aveam chef să-l opresc.

— Edward, ştiu că eşti acolo! s-a auzit o voce de femeie de dincolo de uşă.

Tonul era hotărât. Edward a închis ochii, trăsăturile feței i s-au înăsprit. A dat să se îndepărteze, eu l-am reținut.

— Cine e?

— Deschide-mi, a insistat femeia. Trebuie să-ți vorbesc.

El s-a eliberat din strânsoarea mea, s-a ridicat. M-am aşezat pe canapea, mi-am acoperit sânii cu brațele şi l-am privit. Ca şi cum ar fi vrut să se trezească, şi-a frecat fața, şi-a ciufulit părul. Apoi a aprins o țigară şi şi-a luat cămaşa de pe jos.

— Ce se-ntâmplă? l-am întrebat încetişor.

— Îmbracă-te.

Vocea lui m-a lovit. Cu lacrimi în ochi, m-am dus să-mi iau tricoul şi sutienul. După ce m-am îmbrăcat, el s-a îndreptat spre uşa de la intrare, fără un gest pentru mine. L-a împins pe Postman Pat cu piciorul ca să-l dea la o parte din drum. Câinele a venit să se lipească de picioarele mele. Edward a strâns cu putere clanța, mai să scoată uşa din țâțâni. Apoi a deschis. Intrusa era ascunsă de trupul lui, dar am auzit tot.

— Megan, a spus el.

— Dumnezeule, sunt atât de fericită să te văd. Mi-ai lipsit atât de mult.

A sărit de gâtul lui. Era o glumă proastă. A fost ceva mai puternic decât mine, am tuşit. Spatele lui Edward s-a încordat. Femeia a înălţat chipul, m-a văzut, s-a desprins de el şi s-a dat la o parte.

Era splendidă, zveltă, cu forme armonioase, o privire de catifea. O cascadă de păr negru îi cădea pe spate. Alura ei, ţinuta reflectau feminitate şi îngrijire. Cu chipul obraznic, degaja o siguranţă de sine zdrobitoare. Ne-a privit pe rând. Edward se întorsese spre mine, avea privirea în gol. Părea că se află în alt loc, un loc zguduit de furtună. Ea şi-a trecut mâna prin părul lui, el nu a reacţionat.

— Am ajuns la timp, a spus femeia. Apoi s-a îndreptat spre mine. Oricine ai fi, e momentul să ne laşi singuri.

Nu m-am sinchisit de ea şi m-am apropiat de Edward. Am încercat să-i iau mâna, el a avut o mişcare de respingere.

— Spune ceva. Cine este?

El a privit în aer şi a oftat.

— Păi cine să fiu, soţia lui, m-a informat ea agăţându-i-se de braţ.

— Megan, a intervenit Edward brutal.

— Iartă-mă, iubitule, ştiu.

— Ce înseamnă... prostiile astea? m-am enervat.

Pentru prima oară de când venise femeia aceea, Edward m-a privit în ochi. Era rece, distant, nu mai era acelaşi. Era şi mai terifiant decât la sosirea mea în Mulranny. Durerea m-a făcut să dau înapoi. În clipa aceea, privirea mi-a alunecat spre şemineu, am văzut fotografia. Am înţeles. Femeia de pe plajă nu era „nimeni". Ce proastă fusesem. Mă păcălise în stil mare. Mi-am luat geanta, haina şi am părăsit casa fără măcar să mă întorc ca să închid uşa.

Pe drum a trebuit să mă opresc ca să vomit. Acasă, m-am băgat sub duş, mi-am frecat pielea ca să şterg de pe trupul meu orice urmă a acelui ticălos. Fusesem la un pas să mă culc cu un bărbat însurat. Nici măcar nu-mi trecuse prin cap să-l întreb dacă avea pe cineva. Am plecat de la ideea că, dacă îmi căuta compania, însemna că era liber. În fine, m-a folosit drept umplutură. Ce-o fi gândind Colin, de-acolo de unde era? Nu fusese nevoie decât de două, trei zâmbete, un weekend romantic ca să fiu gata să-mi desfac picioarele. Eram dezgustată de mine.

Incapabilă să adorm, m-am aşezat pe fereastra camerei mele, în întuneric, am strâns genunchii şi m-am legănat înainte şi înapoi. Am adormit până la urmă şi am avut coşmaruri toată noaptea. Chipurile lui Edward şi Colin se amestecau în visele mele, se uneau împotriva mea.

De trei zile nu mai ieşisem din casă. Nu mai închideam ochii şi rumegam aceste ultime săptămâni în compania lui Edward. Voiam să înțeleg în ce moment greşisem, în ce moment preferasem să închid ochii şi urechile în privința informației principale privitoare la o doamnă Edward.

Mă forțasem să merg la cumpărături şi tocmai reuşisem să trec neobservată pe la băcănie. Închideam portbagajul maşinii.

— Diane!

Am recunoscut vocea lui Jack. Umerii mi-au căzut, mi-am compus un zâmbet de fațadă şi m-am întors.

— Ce mai face micuţa noastră franţuzoaică? E mult de când nu te-am mai văzut.

— Bună, Jack. Sunt bine, mulţumesc.

— Vino cu mine la noi, Abby va fi încântată să te vadă.

Într-adevăr, când am ajuns la ei, mi-a sărit de gât. Căldura pe care o emanau mi-a calmat furia. M-am simţit în siguranţă, am vorbit despre Clara.

— Te gândeşti să te întorci într-o zi în Franţa? m-a întrerupt Abby.

— Nu m-am gândit încă.

— Nu ai chef să-ţi reiei viaţa acolo?

— Aveţi nevoie de casă?

— Nu.

S-o spună altuia. Minţeau. Asta era, franţuzoaica deranja şi trebuia să lase locul drăguţei lui Edward. S-a auzit uşa. Am îngheţat.

— Eşti palidă. Nu te simţi bine? m-a întrebat Abby.

— O moleşeală, nimic grav, o să plec.

— Spune-i lui Edward să meargă cu tine.

— În niciun caz, aproape că am strigat. Mă descurc.

M-am ridicat în grabă şi mi-am luat lucrurile.

— Pe curând, le-am spus înainte să alerg spre uşă.

M-am întâlnit cu Edward la intrare. Nu am fost în stare să-l privesc. El nu a încercat să-mi vorbească. M-am baricadat în maşină şi m-am aplecat peste volan. Îmi fusese frică, frică de el, frică de reacţia mea.

Stăteam în faţa uşii cu geam, îl priveam pe Edward plimbându-se pe plajă cu câinele. Până la urmă va trebui să-l înfrunt, aveam nevoie de nişte explicaţii. Voiam să am dovada că nu visasem.

Un tur prin baie era indispensabil. Nici nu se punea problema să jubileze văzându-mă înfrântă. Am pus o grijă deosebită în alegerea hainelor și în machiajul care să ascundă nopțile de insomnie.

Imposibil să dau înapoi, tocmai bătusem la ușă și îl auzeam pe Postman Pat lătrând. Timpul mi s-a părut o eternitate, aveam mâinile reci, frisoane, o greutate în stomac. Toate aceste simptome au dispărut când Edward a deschis ușa. Un sentiment de violență m-a cuprins. Îmi venea să-l lovesc cu toată puterea, dar ceea ce mă înfuria mai tare era dorința mea de a-l îmbrățișa și de a fi în brațele lui. Nu mă așteptam la asemenea emoții, frumosul meu discurs repetat în fața oglinzii s-a risipit dus de vânt.

— Ce vrei?

— Bună, am bâiguit.

A oftat, și și-a trecut o mână peste față.

— Zi repede, am și altele de făcut.

Mi-am îndreptat spatele, mi-am tras umerii în spate și l-am înfruntat din privire.

— Îmi datorezi niște explicații.

Trăsăturile feței i-au reflectat surpriza, apoi mânia.

— Nu-ți datorez nimic.

— Cum poți să te privești în oglindă?

M-a fulgerat din priviri și mi-a trântit ușa în nas. Un vechi obicei al său.

În ciuda cerului acoperit și a norilor amenințători, am hotărât să iau aer. M-am plimbat pe plajă mai bine de o oră. Când mă întorceam acasă, l-am văzut pe Postman Pat alergând spre mine. L-am mângâiat înainte să-mi continui drumul. Nu trebuia să rămân pe loc. O mașină s-a oprit în fața casei lui Edward. Din ea a coborât soția lui chiar în momentul în care treceam eu. I-am simțit privirea asupra mea.

— Mai eşti aici?

Am lăsat capul în jos şi m-am abţinut să-i răspund.

— Mă duc la Abby şi Jack, fă în aşa fel încât să nu ne mai deranjezi.

Umblând în buzunar după ţigări, am dat peste cheile de la maşină. De asta aveam nevoie. Dar nu am fost destul de iute.

— Edward, a strigat ea.

— Vin, i-a răspuns el.

Am trântit portiera şi am demarat în trombă.

Timp de mai mult de două ore am condus cu piciorul pe acceleraţie. Am încetinit doar când m-am întors în sat. Viteza mea nu s-a diminuat destul ca să nu o remarc pe acea Megan ieşind de la Abby şi Jack. Era pretutindeni la ea acasă. Crezusem că Mulranny mă va vindeca, dar până la urmă acest loc îmi va deveni mormânt.

Şi Judith mă uitase. Nu mă anunţase că vine. Şi discuta de peste o oră cu Megan, pe plajă. Când am văzut-o că se îndreaptă spre casa mea, am luat repede geanta şi cheile şi am ieşit.

— Diane, m-a strigat.

— N-am timp.

— Ce-ai păţit?

— Nu te priveşte.

— Aşteaptă, mi-a spus apucându-mă de braţ.

— Dă-mi drumul.

M-am eliberat, am urcat în maşină şi am plecat.

Am ajuns la Mulranny după ce am umblat pe străzi o bună bucată de timp. De vreme ce erau toţi la Abby şi Jack, pubul îmi aparţinea. Am împins uşa, foarte hotărâtă să mă îmbăt. M-am căţărat pe un scaun şi am comandat primul pahar dintr-o listă lungă. Irlanda avea să facă din mine o alcoolică.

Am trecut de la râs la plâns. Cu capul pe tejghea, mă uitam la șirul de pahare goale. Am vrut să mă duc să fumez, am căzut. Dar în loc să dau de pământ, m-am lovit de un tors.

— Mulțumesc, i-am spus tipului care mă prinsese și pe care nu-l mai văzusem niciodată pe-acolo.

— Pentru nimic. Pot să vă ofer o țigară?

— Uite încă un șmecher!

Am luat-o spre terasă făcându-i semn să mă urmeze. În pofida ceții în care mă aflam, știam că pusese ochii pe mine. Să-și facă plăcerea, puțin îmi păsa, nu mai eram inabordabilă. Am făcut-o pe „blonda fără creier". Râdeam ca proasta la glumele pe care mi le spunea și din care nu pricepeam nimic. N-a pierdut timpul. M-a luat de mijloc ca să mă ducă la bar. S-a uitat lung în decolteul meu. I-am aruncat o privire, nu arăta rău. La urma urmei, un irlandez făcea cât altul. Putea să-mi fie de ajutor la exorcizarea de Edward. I-am aruncat o privire de căprioară și i-am propus să bea un pahar cu mine. S-a grăbit să accepte.

— Ne mai dați un rând? am bâiguit către barman.

— Diane, trebuie să te oprești acum.

— Nu, serviți-mă, vă plătesc. Și am tot dreptul să mă distrez!

Am aruncat câteva monede pe bar. Un alt pahar a sosit, l-am golit dintr-o înghițitură și s-a făcut întuneric.

Eram în cosmos, auzeam frânturi de voci în jurul meu.

— Să nu te-apropii de ea!

Timbrul ăsta l-aș fi recunoscut dintr-o mie! Edward. La cine țipa așa? Am deschis ochii și l-am văzut luându-l de gât pe un tip. Îmi spunea vag ceva.

— Stai, omule, ea m-a întărâtat, a spus el arătându-mă cu degetul.

Pumnul lui Edward a plecat deodată, tipul a ajuns la pământ şi nu şi-a mai cerut restul, a întins-o cu viteza luminii.

— Oh... ce-am făcut? am zis.

— Interesant este ce era să faci, a răspuns Judith, pe care n-o observasem încă.

— Tacă-ţi gura.

Cu aceste frumoase cuvinte, am încercat să-mi iau tălpăşiţa, dar capul mi s-a învârtit şi pământul s-a legănat periculos.

— Frăţioare, vrea să plece, i-a spus Judith lui Edward. Stai, Diane, te ducem noi.

— Lăsaţi-mă-n pace, pot să mă întorc şi singură. Şi nu vă mai amestecaţi în treburile mele!

M-am oprit. Era acum ori niciodată şi voiam să-l fac să înţeleagă felul meu de a gândi. Am încercat să-mi fixez privirea, aveam în faţă nu un Edward, ci doi.

— Ascultă-mă bine, am ţipat la el. Tu n-ai de ce să te bagi în viaţa mea. Ai pierdut dreptul ăsta într-o seară. Pot să mă duc în...

— Taci, mi-a ordonat el. Ai făcut destule prostii deja.

Înainte să am timp să-i răspund, m-a ridicat şi m-a aşezat pe umărul lui ca pe un sac. Îl băteam cu pumnii în spate şi mă zbăteam.

— Dă-mi drumul, ticălosule.

M-a strâns mai tare şi a pornit spre parcare. N-a scos un cuvânt şi m-a băgat în maşina lui. Eram gata să adorm.

Mi-am recăpătat cunoştinţa în patul meu. Cineva mă dezbrăcase.

— Ai făcut-o lată, mi-a zis Judith.

— Lasă-mă-n pace.

— Ba nu.

M-a învelit la loc înainte să plece.

Câteva minute mai târziu s-au auzit din nou pași, am deschis ochii. Edward a pus un pahar cu apă pe noptieră și mi-a trecut mâna peste frunte.

— Nu mă atinge.

Am încercat să mă ridic.

— Stai culcată.

Edward m-a împins ușor. Nu eram în stare să lupt cu el.

— Totul e din vina ta, i-am spus plângând. Nu ești decât un nemernic.

— Știu.

M-am ascuns sub plapumă. L-am auzit coborând treptele. Apoi ușa de la intrare s-a trântit.

Mă durea totul, din cap până-n picioare. Fiecare pas îl simțeam în creier. Când am ajuns în baie, a trebuit să mă sprijin de chiuvetă. Am fost îngrozită de imaginea mea. Eram buhăită, rimelul îmi cursese pe față, părul părea un cuib de corbi. Îmi era atât de rușine cu mine, că n-am îndrăznit să-mi privesc verigheta, cu atât mai puțin s-o ating. M-am spălat pe dinți de mai multe ori ca să încerc să șterg gustul de alcool rămas în gură. Hotărât lucru, n-am să mai beau.

Judith stătea pe canapeaua mea, răsfoind o revistă.

— Ce mai cauți aici?

— De ce ești așa de furioasă?

— Ați câștigat! Am să mă car din cătunul vostru de rahat. Sunteți toți țicniți.

— Despre ce vorbești?

— Vă bateți joc de mine de când am venit.

— Ce? Aseară ne-am făcut toți griji pentru tine.

— Nu mai spune.

Am ridicat ochii spre cer. Judith s-a dus la bucătărie, eu m-am trântit într-un fotoliu. S-a întors după cinci minute cu o tavă în mâini.

— Mănâncă şi după aceea vorbim.

Mi-am înfulecat micul dejun plângând. Am golit ceaşca de cafea, Judith mi-a mai dat una. Apoi a aprins o țigară pe care mi-a întins-o.

— De ce nu m-ai anunțat că vii? am întrebat-o.

— Totuşi nu de asta ai luat foc aseară.

— A fost picătura de apă care a umplut paharul. Mă rog, de apă, e un fel de-a spune. Mi se pare că apă n-am prea băut, nu? Chiar aşa lamentabilă eram?

— Crede-mă, mai bine să nu ştii.

A ridicat o sprânceană, eu mi-am luat capul între mâini.

— Explică-mi ce se întâmplă. De când am venit, plutesc în plin coşmar. Ticăloasa care s-a întors, Edward care îl ia la pumni pe primul tip care se apropie de tine şi tu care te joci de-a cățeaua în călduri în pub.

Încă îmi țineam capul între mâini şi am depărtat degetele ca să mă uit la ea.

— Cine-i ticăloasa?

— Megan. Cine altcineva vrei să fie?

— O faci ticăloasă pe soția fratelui tău?

— De unde ai scos-o că e soția lui? Dacă fratele meu ar fi însurat, aş şti!

— Cu toate acestea, ea aşa s-a prezentat, iar el nu a contrazis-o.

— Ce nemernic. Stai... e ceva ce nu înțeleg, tu erai acolo când a apărut la el acasă, în plină noapte?

— Da, i-am răspuns lăsând ochii în jos.

— Te-ai culcat cu el?

— N-am apucat.

— Drace. Scorpia are un radar. Iar Edward nu e destul de bărbat.

S-a ridicat şi a început să se plimbe încolo şi-ncoace. Mă ameţea. Am aprins altă ţigară şi m-am dus să mă uit pe fereastră. L-am văzut pe Edward departe pe plajă. Mi-am lipit fruntea de geamul rece.

— Diane.

— Ce-i?

— Îl iubeşti?

— Cred... e ceva ce mă împinge spre el. Când eram amândoi, era bine... dar asta nu schimbă nimic, chiar dacă nu sunt căsătoriţi, sunt împreună.

— Nu, te înşeli.

Judith s-a trântit pe canapea, şi-a aprins o ţigară şi s-a uitat la mine făcând ochii mici.

— Dacă află că ţi-am spus asta, mă omoară. Dar puţin îmi pasă. Stai jos.

Am ascultat-o.

— Ştii, caracterul lui afurisit nu se datorează doar morţii părinţilor noştri. Relaţia pe care a avut-o cu Megan i-a aruncat viaţa în aer. De aceea am venit ca o furie, după ce Abby m-a chemat înnebunită.

— Dar cine-i femeia asta?

— O arivistă. O ucigaşă. O scorpie. A vrut întotdeauna să reuşească în viaţă şi să aibă o poziţie socială. Prin toate mijloacele şi folosindu-se de toată lumea. A pornit de la nimic, s-a ridicat singură, a muncit ca o nebună ca să ajungă unde este acum. Se ocupă cu recrutarea de cadre în cea mai mare firmă de recrutare din Dublin. Şi-ar renega până şi părinţii fără nicio problemă ca să-şi atingă scopul. Este nemiloasă, inteligentă, vicioasă şi, mai ales, manipulatoare.

— Şi e genul de femeie care îi place lui? am întrebat.

— Nu ştiu, dar e singura relaţie de cuplu pe care a avut-o.

— Poate că femeia asta este iubirea vieţii lui?

— Într-un fel.

Am deschis ochii larg stăpânindu-mi greaţa.

— Ceea ce trebuie să ştii tu este că, înainte s-o întâlnească, Edward nu voia să-şi ia angajamente. A crezut întotdeauna că relaţiile de cuplu sunt sortite eşecului. După el, iubeşti şi după aceea suferi pentru că vei fi trădat şi abandonat. Aşa că a trecut de la o aventură la alta până în ziua când i-a ieşit ea în cale. La început, o voia ca pe un trofeu de vânătoare. Iar ea i-a pus răbdarea la încercare. Este o adevărată scorpie. L-a încolţit din toate părţile înainte să cedeze avansurilor lui. Edward a fost sedus de hotărârea ei, de siguranţa şi de furia ei. Şi apoi a înfipt şi mai tare cuţitul ameţindu-l cu vorbe frumoase, că vrea să întemeieze o familie, că ea crede în dragoste...

Fierbeam, îmi venea să omor pe cineva. Cum putuse să se lase păcălit de o asemenea ticăloasă?

— Şi tu nu aveai încredere în ea?

— Am început să fac cercetări. Nu mă convingea. Prea mondenă, prea mieroasă ca să fie cinstită. Am aflat că de fapt îl cunoştea mai demult pe Edward din vedere şi îl voia. Imaginea lui de artist sumbru şi torturat avea să-i fie de folos. Pentru ea, era mijlocul prin care să-şi îndulcească reputaţia de rechin. I-am spus tot lui Edward şi a fost gata să-l pierd. Câteva luni nu ne-am vorbit.

— Cum s-a terminat relaţia lor? am explodat.

— Încetişor, Diane... Afurisită poveste... Pe vremea aceea, Edward trecea printr-o perioadă de îndoieli în munca lui. Lucra pentru o revistă, dar voia să fie pe cont propriu. Megan se opunea din toate puterile proiectului lui. Am crezut întotdeauna că se temea să nu-i scadă nivelul de trai. În fine, pe scurt, fratele meu a fost mereu aşa cum este, dar atunci s-a întrecut pe el însuşi. Era frustrat, pradă unor furii înspăimântătoare. Nu era bine să te afli în aceeaşi încăpere când se certau. Avea totuşi nevoie de ea şi de susținerea ei. Dar uite, purtându-se ca un nătărău, a împins-o spre greşeală. Nu e nevoie să-ți spun că nu i-a trebuit mult.

Am strâns pumnii ca să-mi stăpânesc furia şi mânia care creşteau. Eram în pragul unei erupții vulcanice.

— Poți să detaliezi? am şuierat printre dinți.

— Edward plecase să facă un reportaj. Când s-a întors, a găsit-o în pat cu unul dintre colegii lui.

— Ce oroare! am țipat ridicându-mă dintr-un salt.

— I-a rupt gura tipului, care nu-şi datorează viața decât rugăminților lui Megan. După aceea, Edward şi-a pus toate lucrurile în maşină. Ea l-a implorat să rămână, i-a promis să n-o să se mai întâmple, că împreună vor putea trece peste asta, că îl iubea mai mult decât orice. Îți închipui că el n-a vrut să audă nimic.

Eram ca un leu în cuşcă, mă învârteam în cerc fără s-o scap din ochi pe Judith.

— Oarecum normal, nu?

— Avusese de gând s-o ceară în căsătorie după ce problemele de serviciu s-ar fi rezolvat. Îți poți închipui coborârea lui în infern.

— Cum a ieşit din el?

— Păi, cum vezi. S-a dus la un adăpost de unde şi-a luat potaia. A plecat pe insula Aran. A dispărut de pe suprafața pământului mai mult de două luni. Nimeni nu ştia unde este. Începusem chiar să mă gândesc să cer să fie căutat. Şi după aceea, într-o zi, a apărut aici ca să le ceară lui Abby şi lui Jack cheile de la casa părinţilor noştri. Şi s-a instalat acolo. Începând de atunci, a hotărât că nicio femeie nu-l va mai face să sufere şi că va rămâne singur.

— De ce e Megan aici? Ce vrea?

— Pe el. În felul ei, îl iubeşte.

Mi-au căzut umerii.

— Nu l-a uitat niciodată, a reluat Judith văzându-mi expresia de neîncredere. Sunt cinci ani de când face totul ca să-l recupereze. A venit chiar să plângă la picioarele mele. Megan rămâne singura femeie pe care a iubit-o. În ciuda a tot ce i-a făcut ea, ştiu bine că se văd din când în când, când vine el la Dublin cu treabă. Ai crede că-l hăituieşte! Ştie întotdeauna unde să-l găsească. Şi, ca din întâmplare, când se întâlnesc, Edward nu doarme niciodată la mine acasă. Este ca un drogat care suferă o cădere după o cură de dezintoxicare.

— Îl domină, orice ar face, am zis cu năduf.

— Aş zice mai degrabă că îl domina. Pentru că ai venit tu şi l-ai schimbat. Nu ştiu cum ai făcut. Trebuie să ai un secret al tău. De Crăciun nu suporta să te vadă şi apoi te-a dus în refugiul lui. Insula Aran este ca un pământ sacru pentru el.

— Şi cu ce m-am ales?!

Nu reuşeam să stau locului. Am luat pachetul de ţigări şi am aprins una. Am tras un fum adânc ca să încerc să mă calmez.

— Îmi fac griji pentru el, a spus Judith. Chiar când era gata să se lase cucerit de tine, să încerce ceva, apare Megan, îi jură pe toţi sfinţii că nu există decât el în viaţa ei şi că e gata să vină să trăiască aici. O să înnebunească.

— Nu a încercat să mă rețină când a venit ea, iar când m-am dus să-i cer explicații, m-a trimis la plimbare. Pentru mine, este foarte simplu, a făcut alegerea. Ea stă la el, nu?

— Nu, a trimis-o la hotel. I-am văzut reacția azi-noapte, era nebun de îngrijorare când i-a telefonat patronul pubului. Și mai târziu, când te-a văzut cu tipul ăla... sincer, m-a speriat.

— Să admitem că te cred, ce să fac acum?

— Totul! Trebuie să faci totul. Îl vrei, da sau nu?

M-am întors către ușa cu geam, ca să-l caut pe Edward cu privirea. Era tot pe plajă, mai singur și mai frumos ca niciodată.

— Bineînțeles.

— Atunci, mișcă-te! Sedu-l, mișcă-ți fundul pe sub nasul lui, fă-l să înțeleagă că tu ești femeia vieții lui, și nu scorpia aia. Arată-ți colții și toate celelalte. N-o să fie o luptă cinstită între tine și ea, orice e permis. Va trebui să te înarmezi cu curaj ca să-i spargi carapacea. Și să mai știi că el poate la fel de bine să vă dea papucii amândurora și să dispară în lumea largă.

Nouă

Judith tocmai plecase. Mă pusese să jur pe Biblie că voi trece cât mai repede la atac. Numai că, înainte să pornesc la luptă, trebuia neapărat să mă trezesc din mahmureală. Când mă pregăteam să mă culc odată cu găinile, cineva a bătut la uşă. Ziua asta blestemată nu avea să se mai sfârşească niciodată. Eram atât de nervoasă, că aproape am izbucnit în râs văzând-o pe faimoasa Megan în faţa mea. Nu pierdea vremea. M-a privit din cap până-n picioare, am profitat ca s-o cercetez. Era prima dată când o vedeam de aşa aproape. Era de o frumuseţe rece, cu capul sus, privirea mândră şi ascuţită. Pe lângă ea, orice femeie ar fi trecut drept o puştoaică abia ieşită din liceu. Era femeia de afaceri sexy în weekend, cu blugii ei de lux, pantofii cu toc înalt fără urmă de noroi şi unghiile îngrijite. Trebuie să recunosc, înfăţişarea mea de după petrecere nu mă avantaja.

— Diana, nu-i aşa?

— Nu, Diane. Ce vrei?

— Se pare că Edward a alergat în ajutorul tău, noaptea trecută?

— Ce te interesează?

— Nu-i da târcoale. E al meu.

I-am râs în nas.

— N-ai decât să râzi, nu-mi pasă. Nu-ți pierde timpul. Nu eşti genul lui. Sincer, uită-te la tine.

A afişat o mină dezgustată.

— N-ai altceva mai bun de făcut? am întrebat-o. Pentru că, dacă-ți închipui că am să-ți las locul, poți să fugi încă după el.

Ea a zâmbit răutăcios.

— I s-a făcut milă de soarta ta, nu? a întrebat ea.

Mi s-a tăiat respirația, picioarele au început să-mi tremure, lacrimile mi-au aburit privirea, m-am agățat de tocul uşii.

— Sărmana de tine, a adăugat Megan.

Am auzit zgomotul unui motor. Ea a rânjit.

— Perfect, iată-l pe Edward. Te va vedea în cea mai bună zi a ta.

El a coborât din maşină şi ni s-a alăturat imediat.

— Ce faci aici? a întrebat-o pe Megan.

Am rămas dinadins cu capul plecat.

— Am aflat de nenorocirea care i s-a petrecut Dianei şi am venit să îi prezint condoleanțele mele pentru soțul şi fiica ei.

Emana sinceritate.

— Ai terminat?

Tonul vocii lui a fost atât de tăios, că am ridicat capul. O fulgera cu privirea. Ea afişa acum o față debordând de solicitudine. S-a întors spre mine, mi-a pus o mână pe braț.

— Îmi pare rău, nu voiam să răsucesc cuțitul în rană. Să nu eziți, dacă ai nevoie de noi. Şi mai încolo, când te vei simți mai bine, vom merge să bem ceva ca între fete. Îți va face bine...

— Bine, Megan, a întrerupt-o Edward. S-a înțeles. Ia cheile şi du-te în casă.

Ea mi-a trimis un sărut. Sărutul lui Iuda. Se pregătea să plece, dar s-a răzgândit foarte repede.

— Edward, vii?

— Nu, trebuie să vorbesc cu Diane.

Ea a schițat un zâmbet. Moralul meu a crescut deodată. S-a apropiat de el.

— Nu te grăbi, am să pregătesc o cină de îndrăgostiți.

S-a ridicat pe vârful picioarelor şi l-a sărutat în colțul gurii. Am văzut mâna lui Edward aşezându-se pe talia ei. Ca o băşică înțepată, m-am dezumflat din nou. Megan mi-a făcut cu ochiul şi a plecat spre casa lui Edward. Ştiam că îl mâncam din ochi, dar nu puteam să fac nimic. El şi-a trecut mâna prin păr, îmi ocolea privirea. În mod vizibil, se întreba de ce rămăsese cu mine. Aveam să-i uşurez lucrurile.

— N-o face să te-aştepte.

— Ce te-a apucat ieri-seară?

— Trebuia să-mi înec regretele.

Ne-am privit drept în ochi un lung moment.

— Ce aştepți de la mine? m-a întrebat în cele din urmă.

— Să-ți iei viața în mâini şi... anumite hotărâri.

Şi-a aprins o țigară şi mi-a întors spatele.

— E complicat. Nu pot să-ți răspund, nu acum.

S-a îndepărtat, fără un cuvânt în plus.

— Edward!

S-a oprit.

— Nu mă exclude din viața ta.

— Chiar dacă aş vrea, ar fi imposibil.

Spunând asta, s-a îndreptat spre casa lui. Megan probabil că ne urmărise, pentru că a ieșit când a ajuns el pe terasa din fața casei. L-a tras spre ea și l-a dus înăuntru. Războiul începuse și Megan avea deja un avantaj important. Îl cunoștea la perfecție, știa ce să-i spună și când. Aveau un trecut comun pe care ea putea să-l utilizeze ca pe o armă. Cu el, eu mergeam mereu ca pe ouă. În afară de certurile de vecini, mai mult sau mai puțin violente, și un armistițiu de câteva săptămâni, în final ce împărtășiserăm eu și Edward? Am adormit cu această întrebare.

Nu însemna nimic, dar Megan nu petrecuse noaptea la el. Tocmai sosise. Edward era de ceva vreme pe plajă, înarmat cu aparatul lui foto. Am râs singură privind-o pe Megan cum încerca să înainteze prin nisip încălțată cu pantofi cu toc cui. Am crezut că fac pipi pe mine când Postman Pat a sărit pe ea. Acest câine extraterestru era categoric cel mai bun prieten al meu. Se scăldase și se tăvălise în nisip cu puțin timp înainte și magnificul mantou din cașmir al lui Megan era făcut harcea-parcea. Deodată, s-a făcut lumină. Știam ce împărțeam cu Edward, iar Megan nu era în stare să rivalizeze cu mine în privința asta.

Căciula și eșarfa mea, din lână pură de oaie, evident, îmi vor fi atuul seducător. Incredibil. Mergeam spre plajă, cu inima ușoară și hotărâtă să-i arăt acelei gâsculițe că nu mă zdrobise. Nu m-a văzut, eram chiar în spatele ei. Vorbea singură: „Nici vorbă să mucegăiesc în gaura asta. Am să-l aduc la Dublin repede, fie ce-o fi. Și o să scap și de jegosul ăla de câine cu această ocazie".

Ah, ticăloasa!

— Salut, Megan! am spus trecând prin fața ei.

Am fluierat. Postman Pat a venit alergând la chemarea mea. A sărit pe mine, eu am rămas în picioare şi l-am mângâiat. A lătrat de bucurie când m-a văzut luând un băţ. L-am aruncat, i-am făcut cu ochiul rivalei mele şi am mers mai departe pe plajă. Edward m-a văzut de la depărtare. I-am făcut semn cu mâna şi am continuat să mă joc cu câinele. Ştia că sunt acolo, era de-ajuns. Subtil, m-am apropiat de el, dar fără să-l privesc, concentrându-mă mereu asupra câinelui.

— Diane, l-am auzit chemându-mă.

Mi-am ascuns cu greu zâmbetul. Înainte să am timp să mă întorc spre el, Postman Pat s-a aruncat pe mine. Normal, aveam băţul în mână. Am căzut în nisip. M-a scuturat un râs nebun, total incontrolabil. Era exact ceea ce voiam. Iar aliatul meu şi-a făcut partea venind să mă lingă pe faţă. Cineva mi-a luat băţul din mână şi Postman Pat a fugit. Am deschis ochii. Edward era deasupra mea, cu un picior de fiecare parte a corpului meu. I-am remarcat trăsăturile încordate, ochii încercănaţi. Dar îmi zâmbea.

— Dacă ai vedea în ce hal eşti!

— Dacă ai şti ce puţin îmi pasă!

Mi-a întins mâinile, eu le-am prins şi m-a ajutat să mă ridic. Am rămas ţinându-ne de mână câteva clipe. Apoi, cu degetul mare a scuturat puţin nisip de pe obrazul meu. Am regăsit pe faţa lui semnele tandreţii pe care o avusese pentru mine în ultima vreme. Acum era ocazia.

— Mergi cu mine puţin? i-am propus.

Mâna lui, tot pe obrazul meu, a căzut din nou şi el a aruncat un ochi în direcţia mării, apoi s-a întors spre mine.

— Mă pregăteam să mă întorc, am de lucru.

Recreaţia se sfârşise. S-a dus să-şi ia materialul foto. Am oftat. Dar nu mică mi-a fost surpriza văzându-l că se apropie din nou de mine.

— Mai ești interesată de fotografiile de pe insula Aran?

— Sigur că da.

— Atunci, vino cu mine, am să ți le dau.

Am făcut drumul înapoi pe plajă, în tăcere. Câteva clipe, aproape că am uitat de Megan. Ne aștepta, rezemată de mașină.

— Ce faci aici? a întrebat-o Edward brutal. Până la proba contrarie, tu urăști plaja.

— Voiam să te văd, trebuie să-ți vorbesc despre proiectele mele.

— N-am timp, am treabă.

— Pot să aștept.

Edward și-a văzut de drum, eu l-am urmat și Megan m-a urmat pe mine. În ce limbă trebuia să i se vorbească pentru a înțelege că deranja? El a deschis ușa și a intrat. Eu am rămas în prag. Megan m-a împins fără ca el să-și dea seama și l-a urmat în casă.

— Ți-am spus că nu acum, i-a repetat când a văzut-o.

— Dar ea ce face aici?

— Edward are să-mi dea niște fotografii, asta-i tot. După aceea, îl las în pace.

El s-a dus la etaj. Am aprins o țigară. Megan nu se mișca din loc. Un adevărat câine de pază, în versiunea molos pe tocuri. Două minute mai târziu, Edward a coborât cu un plic mare în mâini. Mi l-a dat fără un cuvânt.

— Mulțumesc, i-am spus. Pe mai târziu.

— Când vrei.

I-am zâmbit o ultimă oară înainte să plec spre casa mea. Am auzit rugămințile lui Megan de a rămâne la el. Dar a trimis-o la plimbare.

Am ajuns în fața ușii.

— Tu, așteaptă puțin! am auzit-o pe Megan spunându-mi.

La urma urmei, meritam din plin să-mi savurez victoria din acea zi. M-am răsucit şi i-am arătat cel mai ipocrit zâmbet al meu. Furia o urâţea.

— Ce-i cu fotografiile alea?

— A, astea? am întrebat-o băgându-i plicul sub nas.

— Nu te juca!

— Sunt nişte fotografii pe care Edward le-a făcut cu mine şi cu noi, pe insula Aran.

— Minţi!

— Nu mă crezi? Totuşi este purul adevăr. De altfel, pensiunea este încântătoare, paturile confortabile, un loc de vis pentru îndrăgostiţi.

— Dă-mi asta!

Mi-a smuls plicul din mâini. Oricât de necredincioasă eram, l-am rugat pe bunul Dumnezeu să nu fi exagerat. Văzând trăsăturile lui Megan deformându-se sub efectul furiei şi geloziei cumulate, am promis în sinea mea că voi aprinde o lumânare în prima biserică pe care o voi întâlni. Abby mă va ajuta.

— Nu este posibil, a repetat de mai multe ori.

— Şi totuşi este.

Dacă ochii ei ar fi fost mitraliere, aş fi fost ciuruită de gloanţe. Mi-a aruncat fotografiile în faţă şi a plecat spre maşină.

— Ai să mi-o plăteşti!

Am privit în fugă prima fotografie. În locul ei, aş fi făcut o criză de isterie. Răvăşită, nu mi-am dat nici măcar osteneala să-i răspund şi am intrat în casă să studiez fotografiile.

A doua zi m-am hotărât să mă duc la pub, în speranţa că îl voi întâlni pe Edward. Patronul mi-a zâmbit larg. M-am căţărat pe un scaun.

— Îmi cer scuze pentru data trecută.

— Nicio problemă, li se întâmplă tuturor, mi-a răspuns servindu-mi o halbă. Din partea casei.

— Mulțumesc.

A aruncat o privire spre intrare, a ridicat ochii la cer şi s-a întors spre mine.

— Curaj.

— Poftim?

— Bună seara, Diane, mi-a spus Megan.

S-a aşezat grațios alături de mine şi a comandat un pahar cu vin alb. Dacă apărea Edward, n-aş fi rezistat comparației. Era limpede că niciun bărbat nu ar fi putut să-i reziste. Era magnifică, cu rochia ei neagră, nici vulgară, nici provocatoare. Doar sexy, cu clasă, arătând din piele atât cât trebuia ca să te facă să doreşti să descoperi mai mult.

— Îți propun un târg, mi-a spus după câteva secunde.

M-am întors spre ea, mai mult decât neîncrezătoare.

— Sunt gata să recunosc că e ceva între voi, a început. Eşti o concurentă la inima lui, nu pot decât să te admir.

Prima noutate.

— Unde vrei să ajungi?

— Edward e al meu, orice ai face, dar te are în minte şi trebuie să rezolv această problemă. Aşa că m-am gândit să dispar câteva zile, tu îl seduci, te culci cu el. În felul acesta, va putea să treacă la altceva... şi în sfârşit să se întoarcă la mine.

— Cred că trebuie să te tratezi.

— N-o face pe mironosița. Ceva îmi spune că n-ai mai avut un bărbat în pat după moartea soțului tău.

Îmi venea să vomit.

— Ştii, să redescoperi plăcerile sexului cu Edward este o foarte bună recapitulare. În realitate, îți fac un serviciu.

Devenea chiar sordid. Nu mai puteam să leg două vorbe.

— Refuzi? Cu atât mai rău pentru tine.

Mi-a aruncat o ultimă privire înainte să-şi scoată telefonul din geantă şi să formeze numărul lui.

— Edward, eu sunt, s-a sclifosit. Sunt la pub... Mă gândeam la tine. Ne vedem astă-seară?... Trebuie să vorbim...

Vocea i se schimba pe măsură ce vorbea, devenea tot mai blândă, mai învăluitoare. Degetele ei se jucau cu nişte firimituri imaginare de pe tejghea.

— Îmi pare rău pentru ieri, ştiu că ai nevoie să fii singur ca să lucrezi.

Nu auzeam răspunsurile lui Edward, dar le ghiceam din cuvintele lui Megan.

— Şi-apoi, n-ar fi trebuit să-ţi reproşez că petreci un timp cu Diane, a continuat ea. Eşti un om bun, o ajuţi să îşi revină. A fost foarte nepotrivit din partea mea după tot ce ţi-am făcut.

Înnebuneam. Edward nu putea să înghită o asemenea minciună.

— Dar este atât de greu să te văd cu altă femeie, s-a smiorcăit ea. Îmi dau seama de răul pe care ţi l-am făcut. Aş vrea să ne regăsim... ca înainte...

Era de râs. Nu putea să meargă. Imposibil. Edward nu va cădea într-o capcană atât de grosolană. Nu va cădea din nou în ghearele acestei tigroaice care se dădea drept o pisicuţă inofensivă.

— Te implor, a şoptit ea. Spune da. Doar în seara asta, te rog. Vom vorbi despre mutarea mea aici...

Un zâmbet răutăcios i-a umbrit faţa.

— Mulţumesc..., a oftat, înfrântă. Te aştept.

Ce cretin! Scorpia a închis, a scos o oglindă din geantă şi şi-a verificat machiajul. A pus totul la loc şi s-a întors spre mine.

— Edward nu se va schimba niciodată, ştiu foarte bine ce vrea să audă.

— Eşti odioasă, cum poţi să vorbeşti despre el în felul acesta? Şi toate minciunile tale?

Mi-a respins remarca printr-un gest al mâinii.

— Un sfat: nu-ţi petrece seara aşteptându-l. A izbucnit în râs. Sărmană Diane, te-am prevenit!

Am plecat spre terasă trăgând din ţigară ca o apucată.

Când m-am întors în pub, am observat că Edward sosise. Megan şi cu el se pregăteau să plece. Şi-a trecut un braţ pe după mijlocul lui, el a lăsat-o, eu am strâns pumnii. Ea m-a văzut prima.

— Cea de acolo nu este Diane? l-a întrebat.

— Ba da, i-a răspuns privindu-mă.

L-a târât spre mine. Eu şi el nu ne-am slăbit din ochi.

— Bună seara, mi-a spus Megan. Ce păcat, nu ştiam că eşti aici, am fi putut să bem ceva împreună şi să facem cunoştinţă cu adevărat.

Mi-a adresat un zâmbet încărcat de o mare amabilitate. Edward o observa cu o privire pe care nu i-o cunoşteam. Siderată de talentele actoriceşti ale lui Megan, am lăsat-o să vorbească fără să am timp să o pun la locul ei.

— Trebuie să te lăsăm, am rezervat o masă. Ne revedem curând?

Total descumpănită, am dat din cap prosteşte.

— Aşteaptă-mă în maşină, i-a spus Edward.

Ea l-a sărutat pe obraz apoi mi-a spus „pe curând". Am urmărit-o cu privirea. La fel şi Edward. S-a oprit la uşă, s-a răsucit spre noi şi ne-a făcut un semn cu mâna.

— Chiar o să-ți petreci seara cu ea?

— Trebuie să stăm de vorbă.

— Nu uita ce ți-a făcut.

Privirea lui Edward s-a înăsprit.

— N-o cunoşti.

— N-o lăsa să-ți facă rău.

— S-a schimbat.

Se pregătea să plece, l-am ținut de haină.

— Eşti sigur de asta?

— O seară bună.

I-am dat drumul, el s-a mai uitat o dată la mine şi a plecat.

Nu s-a întors târziu acasă. Când am văzut lumina roşie strecurându-se printre obloane, am înțeles că se închisese în camera obscură. Pesemne Megan eşuase în tentativa ei.

Moralul meu s-a prăbuşit a doua zi; erau amândoi pe plajă. Îi priveam ascunsă după perdeaua camerei mele. Ea se lipea de el, îi zâmbea bătând din gene, eram sigură de asta. Totuşi, el păstra o anumită distanță față de ea. Au venit către casă, el a însoțit-o până la maşină. Erau față în față. Distingeam chipul sumbru al lui Edward, ea şi-a pus mâinile pe torsul lui. El a dat din cap şi s-a tras înapoi. Megan s-a ridicat pe vârfuri ca să-l sărute pe obraz. A urcat în maşină şi a plecat. El şi-a aprins o țigară înainte să se închidă în casă.

Câteva ore mai târziu, cineva bătea la uşa mea. Am deschis şi l-am văzut pe Edward.

— Pot să intru?

M-am dat la o parte, el a intrat în living. Părea nervos, se învârtea de colo-colo.

— Ai ceva să-mi spui?

— Plec.

— Cum adică, pleci?

S-a întors și s-a apropiat de mine.

— Plec doar pentru câteva zile. Am nevoie să fac un pas înapoi.

— Înțeleg. Și Megan, ea ce face?

— Rămâne la hotel.

I-am mângâiat obrazul aspru din cauza bărbii, mi-am trecut un deget peste cearcănele lui. Oboseala îl marca din ce în ce mai mult. Era la capătul puterilor.

— Ai grijă de tine.

Nu mă slăbea din ochi. Pe neașteptate, m-a luat în brațe, m-a strâns la piept și și-a lăsat capul pe pieptul meu. M-am agățat de el și nu mi-am putut reține câteva lacrimi. Și-a înălțat fața, m-a sărutat pe tâmplă, mi-a dat drumul și a plecat fără un cuvânt.

Imediat după plecarea lui, m-a cuprins melancolia. Rătăceam ca un suflet chinuit prin casă.

Zilele se scurgeau și semănau între ele, tensiunea scăzuse. Nu ieșeam din casă. Nu voiam să dau peste Megan și să o iau de la capăt cu lupta aceea puerilă. Nu era de mirare că Edward fugise. Nu dădea niciun semn, dar nu eram surprinsă. Petreceam ore întregi stând într-un fotoliu, cu fața către golful din Mulranny. Mă duceam cu gândul înapoi în timp, până la moartea lui Colin și a Clarei, sosirea mea în Irlanda, întâlnirea cu Edward.

Într-o după-amiază, a sunat telefonul. Félix. Am ezitat câteva clipe înainte să-i răspund.

— Salut.

— Încă nu te-ai înecat în bere?

— Ce prost ești câteodată. Ce e nou la Paris?

— O, nimic deosebit. Şi tu?
— Tot nimic.
— Ai o voce ciudată. Nu te simţi bine?
— Ba da, ba da, totul e bine.
— Ce faci în acest moment?
— Mă gândesc la viitorul meu.
— Şi?
— Sunt încă nehotărâtă, dar sper să găsesc răspunsurile în curând.
— Ţine-mă la curent.
— Promit. Bun, te las.
Am închis şi mi-am aprins o ţigară.

O săptămână de când plecase Edward. O săptămână de când întorceam situaţia pe toate feţele, de când luam în calcul toate scenariile. Când cineva a bătut la uşa mea la sfârşitul unei după-amiezi, am ştiut că era momentul adevărului.

Edward stătea în prag, serios. Şi-a cufundat ochii într-ai mei; mi s-a făcut frică. Inima mi-a luat-o razna. Fără să spună un cuvânt, a intrat şi s-a oprit în faţa uşii cu geam. L-am urmat şi am rămas la câţiva paşi de el. Şi-a trecut mâna peste faţă şi a oftat adânc.

— Când a venit Megan, fusesem depăşit de evenimente. M-am speriat de ceea ce cădea pe capul meu. Totuşi, aveam deja toate răspunsurile, şi încă de ceva timp. Dacă aş fi fost cinstit cu mine însumi de la început, aş fi evitat tot acest circ.

— Ce încerci să-mi spui? l-am întrebat cu voce tremurătoare.

— I-am cerut lui Megan să plece, să se întoarcă la ea acasă, în Dublin.

— Eşti sigur de asta?

— A ieşit din viaţa mea, o dată pentru totdeauna. S-a terminat. Acum suntem noi doi, doar noi doi.

Am rămas fără glas. L-am privit, nu fusese niciodată atât de senin, atât de relaxat ca în acea clipă. Mi-a zâmbit, s-a apropiat de mine, m-a luat de mijloc. M-am agăţat de cămaşa lui ca să nu mă prăbuşesc. Am evitat intensitatea privirii lui. Şi-a lipit fruntea de a mea.

— Diane, vreau să construiesc ceva cu tine... te...

I-am pus degetele pe buze. Tăcerea a invadat încăperea, aş fi putut să-mi aud inima bătând. Am observat mâinile mele aşezate pe torsul lui, îi simţeam respiraţia pe piele. M-am eliberat uşor din strânsoarea lui. M-am dat înapoi şi m-am lăsat să cad pe canapea. M-a urmat, s-a aşezat pe masa joasă din faţa mea şi mi-a luat mâinile.

— Vom reîncepe de la zero, mi-a spus. Nu te speria.

M-am uitat în ochii lui. Tandreţea şi iubirea pe care le-am văzut acolo m-au tulburat. Nu puteam să mai rămân mult timp fără să spun nimic.

— Ascultă-mă, vrei?

Mi-a zâmbit, i-am strâns mâinile. Am respirat adânc înainte să încep.

— Nu credeam că va fi atât de greu... În absenţa ta, m-am gândit mult la tot ce ni s-a întâmplat de când sunt aici. Ai intrat în viaţa mea şi am avut din nou chef să mă lupt, să râd, să trăiesc... Ai devenit atât de important pentru mine, aproape esenţial... Am crezut în asta... am crezut atât de mult în asta, dar... de fapt, m-am lăsat legănată de iluzia că tu vei umple tot vidul din mine şi... că... voi putea din nou să iubesc... Emoţia m-a copleşit. N-am făcut niciun efort să-mi stăpânesc lacrimile.

Mâinile îmi tremurau, le strângeam mai tare pe ale lui. Privirea sa trăda răul pe care mă pregăteam să i-l fac. Trebuia totuşi să merg până la capăt.

— Dar nu sunt pregătită... trag prea multe după mine. Nu pot să mă debarasez de Colin, cum tocmai ai făcut tu cu Megan. Dacă încep o relaţie cu tine, îţi voi reproşa într-o bună zi că nu eşti el... că eşti tu. Nu vreau asta... Tu nu eşti cârja mea, nici vreun medicament, meriţi să fii iubit necondiţionat, pentru tine însuţi, şi nu pentru virtuţile tale curative. Şi ştiu că... nu te iubesc cum trebuie. În orice caz, nu încă. Trebuie mai întâi să mă reconstruiesc, să fiu mai puternică, să îmi fie mai bine, să nu mai am nevoie de ajutor. Numai după aceea, voi putea să te iubesc. Total. Înţelegi?

Mi-a dat drumul la mâini ca şi cum l-ar fi ars, maxilarul i s-a încordat.

Am respirat, am privit aiurea înainte să-i dau lovitura de graţie:

— Am să plec, pentru că nu pot să trăiesc aproape de tine.

Nici departe de tine, am gândit. Lacrimile îmi curgeau fără oprire, ne-am privit în ochi.

— Mi-am luat biletul de avion. În câteva zile părăsesc Mulranny, mă întorc la Paris. Trebuie să termin propria reconstrucţie şi trebuie s-o fac singură, fără tine.

Am încercat să-i iau mâna, el s-a dat înapoi.

— Iartă-mă, am şoptit.

A închis ochii, a strâns pumnii, a respirat adânc. Apoi, fără o privire pentru mine, s-a ridicat şi a pornit către ieşire.

— Aşteaptă, l-am implorat alergând după el.

A deschis uşa cu bruscheţe, a lăsat-o deschisă, a alergat la maşină, a urcat şi a plecat. Am înţeles în clipa aceea că nu-l voi revedea niciodată. Şi asta durea, durea foarte tare.

Cel mai simplu a fost să-l anunț pe Félix. I-am telefonat.

— Iar tu! mi-a spus când a răspuns.

— Mda... eşti gata să mă suporți din nou?

— Poftim?

— Mă întorc.

— Ce faci?

— Mă întorc la Paris.

— *Yallah*! Am să organizez o petrecere mare. Şi după aceea, ai să te instalezi la mine acasă...

— Stop! Nici vorbă de petrecere. Şi am să locuiesc în camera de deasupra cafenelei.

— Eşti bolnavă, aia e o maghernіță.

— E foarte bună. Şi-apoi asta va face să deschidem la timp.

— Adică ai de gând să munceşti? Asta-i chiar bună.

— Şi totuşi e adevărat. Ne întâlnim la cafenea.

— Nu aşa repede. Vin după tine la aeroport.

— Nu e nevoie, am să mă descurc singură. Acum ştiu s-o fac.

Trei ore mai târziu, cu inima grea, m-am dus la Abby şi Jack. Mi-a deschis Judith.

— Ce faci? i-am zis.

Ea mi-a sărit de gât.

— Unde-i fratele meu? M-am întâlnit cu ticăloasa aseară, dădea pe gât tot ce putea într-un pub. Am sărit în maşină ca să vă felicit.

— E bine că eşti aici, trebuie să vă vorbesc la toți trei.

— Ce se întâmplă?

— Să mergem la Abby şi Jack.

Mi-a făcut loc să trec. Abby m-a luat în braţe tot spunându-mi „draga mea". Probabil Judith i se destăinuise. Le-o fi spus că Edward şi cu mine ne înţelegeam de minune. Ochii mi s-au împăienjenit, am întâlnit privirea perspicace a lui Jack, înţelesese deja. Aveam să stric atmosfera cât ai clipi.

Ne-am aşezat. Abby şi Judith se agitau pe canapea. Numai Jack îşi păstra calmul, mă privea.

— Pleci, nu-i aşa? m-a întrebat el.

— Da.

— Ce? Dar ce-nseamnă povestea asta? a strigat Judith.

— Viaţa mea este la Paris.

— Şi Edward?

Am lăsat capul în jos şi m-am chircit.

— Credeam că-l iubeşti. Nu eşti mai bună decât cealaltă, ai profitat de el şi acum îl laşi baltă!

— Judith, ajunge, a intervenit Abby.

— Când pleci? m-a întrebat Jack.

— Poimâine.

— Atât de repede! a exclamat Abby.

— E mai bine. Mai e ceva... când i-am spus lui Edward hotărârea mea, a plecat, nu s-a întors acasă, sunt trei zile de atunci. Nu ştiu unde este... îmi pare rău.

— Nu e vina ta, mi-a spus Jack.

Judith a sărit de pe canapea şi şi-a luat telefonul.

— Robotul! a bombănit. Iar o să ne arate faţa lui de fiară sălbatică. Am trecut deja o dată prin asta, nu şi a doua oară! Drăcia dracului!

Roşie de furie, a fluturat mobilul şi s-a purtat ca şi cum nu existam.

— E timpul să plec, i-am anunţat.

M-am îndreptat către ieşire. M-au urmat toţi trei. Cu coada ochiului, l-am văzut pe Jack luându-şi soţia pe după umeri. Tristeţea şi neliniştea se citeau pe chipurile lor. În pragul uşii, Abby m-a cuprins în braţe.

— Dă-ne veşti despre tine.

— Mulţumesc pentru tot, i-am răspuns luptând împotriva lacrimilor.

I-am răspuns la îmbrăţişare, l-am sărutat pe obraz pe Jack şi m-am întors spre Judith.

— Vin cu tine până la maşină, mi-a spus ea fără o privire.

Am deschis portiera, mi-am aruncat geanta înăuntru. Judith nu spunea nimic.

— Am pierdut o prietenă? am întrebat-o.

— Tu ai hotărât să fii tâmpită! Sunt sătulă deja de fratele meu ca să mă mai ocup...

— Vei avea grijă de el?

— Contează pe mine că am să-i dau câteva la fund.

— Nu ştiu ce să-ţi spun. Aş fi vrut ca asta să se...

— Ştiu, m-a întrerupt ea privindu-mă drept în ochi. Pot să vin la Paris să te văd, dacă am chef?

— Când vrei.

Am început să plâng şi am văzut că şi ochii lui Judith se umpluseră de lacrimi.

— Acum, salvează-te.

Am strâns-o în braţe înainte să urc în maşină. Am plecat fără să-i mai arunc nicio privire.

Am făcut o mare curăţenie de primăvară ca să dispară orice urmă a trecerii mele. Valizele mele s-au înghesuit mai întâi la uşă, după aceea în maşină. Închizând portbagajul, m-am uitat la casa vecină, dezolant de lipsită de orice prezenţă. Ultimele mele ore irlandeze se scurgeau în cea mai mare singurătate.

Mi-am petrecut ultima noapte stând pe canapea, aşteptând nu ştiu ce. Soarele abia răsărise când am pus capăt acestui calvar. Am înghiţit o cafea şi am fumat o ţigară făcând o ultimă dată turul proprietăţii.

Afară era întuneric, ploua şi rafale de vânt se năpusteau asupra mea. Până la urmă, învinsesem clima irlandeză, avea să-mi lipsească.

Când am încuiat uşa, m-a cuprins ameţeala. M-am sprijinit cu fruntea de uşă. Era timpul să plec, m-am întors spre maşină şi am înlemnit. Edward era acolo, cu chipul impenetrabil. Am alergat şi m-am aruncat plângând în braţele lui. M-a strâns la piept şi m-a mângâiat pe păr. I-am respirat din toţi plămânii parfumul. Buzele i s-au aşezat pe tâmpla mea, le-a apăsat puternic pe piele. Asta mi-a dat curaj să ridic ochii spre el. Şi-a pus mâna mare pe obrazul meu, m-am sprijinit de palma lui. Am încercat să-i zâmbesc, nu am reuşit. Mâinile mele încă agăţate de el i-au dat drumul. Şi-a fixat privirea într-a mea, pentru ultima dată, ştiam, şi a plecat spre plajă. Am urcat în maşină şi am pornit. Încheieturile degetelor mi se albiseră, atât de tare strângeam volanul. O ultimă privire în oglinda retrovizoare, era acolo, sub ploaie, în faţa mării. Lacrimile mi-au înceţoşat privirea, le-am şters cu dosul mâinii şi am accelerat.

Zece

Am coborât din taxi în fața cafenelei. Şoferul a pus valizele pe trotuar. Cafeneaua era închisă. Nici urmă de Félix. Stăteam la uşă. Mi-am lipit fruntea de vitrină. Totul era întunecat şi părea plin de praf. M-am aşezat pe una dintre genţile de voiaj. Am aprins o ţigară şi am început să privesc în jur.

Întoarcere la punctul de plecare. Nu se schimbase nimic; oamenii grăbiți, circulația infernală, agitația magazinelor. Uitasem în ce măsură făceau parizienii mutre în permanență. Un stagiu de căldură umană irlandeză ar trebui să fie obligatoriu în programa şcolară. Gândeam asta, dar ştiam cu siguranță că, în cel mult două zile, voi avea aceeaşi față palidă şi puțin amabilă ca şi ei.

O oră de când aşteptam. Félix se vedea în depărtare. Şi mi-am spus că se schimbase mult. Mergea pe lângă ziduri, cu şapca pe cap, camuflat în spatele gulerului de la haină. Când a fost în fața mea, am observat un pansament enorm de-a latul feței lui.

— Nu vreau să aud nimic, mi-a spus.

Am izbucnit în râs.

— Acum înțeleg de ce e cafeneaua închisă.

— Numai întoarcerea ta putea să mă scoată din casă. Dumnezeule, chiar eşti aici (m-a ciupit de obraji). E grozav, ca şi cum nu ai fi plecat niciodată!

— Mi se pare caraghios, ştii.

Oboseala acumulată începea să mă apese. M-am strecurat în braţele lui şi am început să plâng.

— Nu te necăji atâta pentru mine. Nu e decât un nas spart.

— Idiotule!

M-a legănat sufocându-mă la pieptul lui. Am râs printre lacrimi.

— Nu mai pot să respir.

— Chiar vrei să locuieşti acolo sus?

— Da, ar fi perfect.

— Dacă vrei să te joci de-a studenta fără un ban, e treaba ta.

M-a ajutat cărându-mi o parte dintre valize. A lovit cu umărul ca să deschidă uşa clădirii.

— O, ce rău doare.

Am pufnit în râs.

— Gura!

Mi-a dat cheia în faţa uşii apartamentului. Am deschis, am intrat şi am fost surprinsă să văd teancuri de cutii de carton.

— Ce-i asta?

— Ceea ce am putut să salvez din apartamentul vostru. Sunt nişte adevăraţi piranha bătrânii. Am depozitat totul aici aşteptând să te întorci.

— Mulţumesc.

Eu nu mă opream din căscat, iar Félix nu se oprea din turuit. Ca variaţie, comandase o pizza pe care o împărţiserăm, aşezaţi pe jos în jurul unei cutii care servea de măsuţă.

Mi-a povestit în amănunt cum își spărsese nasul, o poveste întunecată după o seară udată din belșug cu alcool.

— Ascultă, l-am întrerupt, avem tot timpul, acum sunt frântă și mâine trebuie să fim în formă.

— De ce?

— Cafeneaua, asta îți spune ceva?

— Deci nu e o glumă, vrei să te reapuci de muncă?

M-am mulțumit să-i arunc o privire.

— OK, am înțeles.

S-a ridicat. L-am însoțit până la ușă.

— Ne vedem mâine-dimineață ca să punem lucrurile la punct, i-am spus.

S-a scotocit prin buzunare și mi-a întins un set de chei.

— Dacă nu mă trezesc, a spus îmbrățișându-mă.

— Noapte bună.

M-a privit ciudat.

— Ce-i?

— Nimic, mai vorbim.

Zece minute mai târziu, eram în pat, somnul nu venea. Uitasem zgomotul orașului, claxoanele, sirenele, somnambulii, noaptea mereu luminată. Mulranny era foarte departe. La fel și Edward.

Am trecut prin culoarul imobilului ca să intru în cafenea. Ușa a scârțâit. Mirosea a aer închis. Am apăsat pe întrerupător. Mai multe becuri nu mai funcționau. Cafeneaua nu mergea bine. Am pășit înăuntru. Căutam în adâncul amintirilor mele impresiile care mă încercau cândva. Nu mai rămăsese mare lucru din ele. Am mers de-a lungul rafturilor, unele erau goale. Pe altele, am atins ușor cărțile cu mâna. Am luat una la întâmplare, era aspră, îngălbenită, a doua și a treia nu se aflau într-o stare mai bună. M-am dus în spatele tejghelei. Am mângâiat lemnul barului, era lipicios. Am aruncat un ochi la veselă; paharele şi ceştile erau ciobite. O foaie de hârtie era lipită cu bandă adezivă pe una dintre pompele de presiune, aflată în pană. Registrele de calcul şi de comenzi erau aruncate pe jos. Numai panoul fotografic era curat şi la locul lui. Dozatorul mi-a rezistat minute lungi înainte să scuipe un lichid care avea vag culoarea cafelei. M-am rezemat de perete şi am înghițit băutura strâmbându-mă. Morala: să nu mai las niciodată nimic pe seama lui Félix. Ca s-o scot la capăt, ca să fiu pe picioarele mele, ca să mă vindec, voi trezi la viață cafeneaua.

Spălam pentru a treia oară pe jos când scumpul meu asociat a binevoit să apară.

— Te reprofilezi în femeie de serviciu?

— Da. Şi tu la fel, de fapt.

I-am aruncat în față o pereche de mănuşi din cauciuc.

După câteva ore de muncă, stăteam pe jos. Zeci de saci cu gunoi se înghesuiau pe trotuar. Spre deosebire de noi, cafeneaua mirosea a curat.

— Félix, începând de acum nu te mai joci de-a bibliotecarul.

— Atunci, o să mă joc de-a negustorul?

Am clătinat din cap.

— Şi o să le spui prietenilor tăi că va trebui să-şi plătească până şi un pahar cu apă. S-a înțeles bine?

— Mă sperii când eşti aşa.

Şi-a acoperit fața cu mâinile. I-am dat o palmă şi m-am ridicat în picioare.

— Acum du-te să te joci.

— Mâine ce facem?

— Facem comenzile.

— Ai nevoie de mine?

— Maturizează-te un pic. Ai grijă să fii dis-de-dimineață la program.

Félix şi cu mine eram fiecare de o parte a barului, eu verificând încasările în timp ce el pregătea comenzile.

— Stop! M-am săturat, a decretat el.

S-a ridicat, a pus câte un pahar de vin pentru fiecare şi a aranjat toate caietele înainte să se aşeze pe bar.

— Doamna comandant-şef nu protestează?

— Nu, mă pregăteam să te anunț că am terminat pentru astăzi.

A râs, a ciocnit cu mine şi şi-a luat pachetul de țigări de pe tejghea. M-am uitat la el cât am putut de urât.

— Te rog, e închis, am dreptul să fumez. Nici tu n-ai să rezişti mult.

Mi-a plimbat nicotina pe sub nas.

— Bine, dar plăteşte-ți țigara. Am aprins-o pe-a mea, am luat o gură de vin şi l-am privit. M-am schimbat?

— Chiar şi când Colin şi Clara încă mai erau aici nu te-am văzut niciodată cu asemenea chef de muncă şi ce e grozav e că te descurci singură.

— Cred că refacerea vieții mele trece prin cafenea. Suntem norocoşi că avem locul ăsta, nu?

— Nu ai de gând să te speteşti muncind, nu? Pentru că în cazul ăsta, demisionez.

— Pentru cât faci tu, n-ar fi o mare pierdere.

— Serios, cum te simți?

— Bine.

— Mda...Vii să ne distrăm, diseară?

— N-am chef.

— Doar n-o să stai toată viața închisă în cafenea.

— Promit că într-o zi voi petrece din nou cu tine.

— Trebuie să vezi lume şi-apoi nu ştiu... poate că e timpul... ai putea să întâlneşti un tip simpatic.

Ştiam că mai devreme sau mai târziu va trebui să fac mărturisiri.

— Cred că l-am întâlnit prea devreme.

Félix a oftat.

— Sunt doi ani de când Colin nu mai e.

— Ştiu.

— Eşti de groază, o să ajungi o fată bătrână cu pisici. A sărit de pe tejghea dând din cap. Mă duc să fac pipi.

— Cu atât mai bine pentru tine, am răspuns aprinzând o ţigară.

Cinci, patru, trei, doi, unu...

— Ai cunoscut pe cineva? a zbierat el ieşind de la toaletă.

— Şliţul tău...

— Răspunde-mi! Cine e? Unde e? Îl cunosc?

— Da.

— Edward! Te-ai cuplat cu irlandezul. Eram sigur. Şi? Vreau detalii picante!

— Nu e nimic de povestit. Îţi rezum situaţia foarte simplu, el mi-a făcut mult bine, eu i-am făcut mult rău şi în mod sigur l-am pierdut definitiv, totul se termină aici.

— Tu nu eşti în stare să faci rău nici unei muşte, darămite unui tip ca el, imposibil. A venit să mă ia în braţe şi m-a sufocat, cum îi era obiceiul. Hai... spune-mi ce s-a întâmplat.

— Te rog, prefer să nu vorbesc despre el.

— De ce?

— Pentru că-mi lipseşte.

M-am ghemuit şi mai tare în braţele lui.

— Bine că nu l-ai adus în bagaje. Ar fi fost foarte rău. Tot timpul aş fi avut chef să sar pe el.

Am plâns. De bucurie. De tristețe. Félix m-a legănat mult timp înainte să reușesc să mă calmez.

Cafeneaua era pregătită. Eu, în mai mică măsură. Dormisem puțin, eram neliniștită și, în același timp, nerăbdătoare. Am verificat pentru ultima oară lucrurile. Totul era lună: vesela cea nouă era aranjată la locul ei, pompa de presiune funcționa de minune, dozatorul dădea o cafea demnă de acest nume, barul strălucea, iar cărțile, noi-nouțe, bine așezate și puse în valoare își așteptau cititorii pe rafturi.

Félix și cu mine a trebuit să desprăfuim, în sensul cel mai pur al cuvântului, catalogul. Îi lăsasem mână liberă, căci era prea mult timp de când eu nu mai eram interesată de ce se petrecea în lumea literară ca să mai fiu la curent. „Trebuie să luăm și chestii rock'n'roll, afirmase el. Știi că avem clientelă pentru așa ceva." Nu mă îndoiam, în măsura în care lui îi revenea sarcina să avem acest fel de clientelă. Comandase așadar, printre altele, Chuck Palahniuk, Irvine Welsh și ultimul roman al unui autor francez pe care nu-l cunoșteam, Laurent Bettoni. Cartea se intitula *Corpurile terestre*. „Ai să vezi, e ca și cum Sade ar fi scris *Legături periculoase*, dar într-un stil foarte modern", spusese Félix. „Asta o să ne aducă un ușor parfum de scandal destul de simpatic". Zâmbisem. După doi ani de letargie, nu mă simțeam pregătită pentru desfrâu și scandal.

Iată, primul pas fusese făcut. Am deschis ușa ca să aud clopoțelul, ca înainte, când asta îi făcea plăcere Clarei. Sub pleoapele mele închise, a apărut zâmbetul ei. Primul client a intrat. Ziua începuse.

Félix a ajuns pe la prânz, încărcat cu un monumental buchet de trandafiri și frezii, asemănător celui pe care

Colin mi-l oferise cu ani în urmă. Mi l-a dat stângaci şi s-a dus să-şi lase haina în cuier. Am găsit un loc pentru flori şi m-am dus la el. M-am ridicat pe vârful picioarelor şi l-am sărutat pe obraz.

— Ar fi fost mândru de tine, mi-a spus la ureche.

Mi-am petrecut duminica aranjându-mi apartamentul. Mă întorsesem de cincisprezece zile şi încă trăiam printre cutii de carton şi valize. Apartamentul nu era mare, dar era plăcut. Aici mă simţeam în siguranţă şi acasă. Am pus pe pereţi câteva fotografii cu Colin şi cu Clara pentru ca ei să fie prezenţi. Hainele mele, şi numai ale mele, şi-au găsit locul într-un dulap. Am aşezat pe o etajeră cărţile care mă însoţiseră în Irlanda. Şi am repus cu plăcere în funcţiune splendida cafetieră pe care mi-o oferise Colin. Îi datoram mult lui Félix pentru că o salvase.

Nu-mi mai rămăsese de golit decât o geantă de voiaj. Acolo am găsit fotografiile lui Edward. Incapabilă să rezist, m-am aşezat pe jos ca să mă uit la ele. Văzându-ne pe amândoi pe hârtia lucioasă, îndoielile şi amintirile m-au asaltat încă o dată. Edward era permanent în gândurile mele. Îmi făceam griji pentru el. Aş fi vrut să ştiu cum îi merge, ce face, ce mi-ar spune dacă ar şti că îmi reluasem munca. Aş fi vrut să ştiu dacă se gândea la mine. Am pus fotografiile într-o cutie cu amintiri în fundul unui dulap. Am oftat, am dat drumul la muzică şi m-am dus în baie. Am lăsat să-mi curgă apa pe corp visând că, a doua zi, mă voi trezi ca să încep o nouă săptămână de muncă. Voi reuşi să deschid ochii la şapte şi jumătate, mă voi ridica în picioare, mă voi îmbrăca şi voi deschide cafeneaua. Voi găsi forţa să zâmbesc clienţilor, să le vorbesc. Voi reuşi, n-aveam de ales.

Soarele se strecura prin perdeaua camerei, asta mă va ajuta să îmi îndeplinesc misiunea din această zi. Era o lună de când mă întorsesem, nu mai voiam să amân. Mi-am acordat timp să mă pregătesc. Am deschis fereastra. M-am instalat acolo ca să-mi beau cafeaua și să fumez prima țigară.

Ca în fiecare dimineață, am intrat în cafenea pe ușa din spate. Dar astăzi am pus un afiș în vitrină ca să anunț deschiderea cu întârziere. Pilotul automat s-a pus în mișcare.

M-am dus la florărie și am plecat de acolo cu un braț plin de trandafiri albi. Emoționată, mergeam pe alei. Totuși, cunoșteam drumul.

Am respirat adânc ridicând din umeri odată ce am ajuns în fața mormântului lor. Era încă la fel de bine întreținut. Am îndepărtat câteva petale ofilite de pe marmură și am pus florile mele într-o vază. Am rămas aplecată la înălțimea lor. Cu vârful degetelor le-am mângâiat numele.

— Hei! Dragii mei... m-am întors... Îmi lipsiți... Era bine în Irlanda, dar ar fi fost și mai bine cu voi doi. Clara mea, dacă ai ști... m-am tăvălit în nisip cu un câine mare cum n-ai văzut niciodată, ai fi putut să călărești pe spatele lui și să-l drăgălești... Îmi pare rău că n-ai avut un câine ca el... Mama te iubește...

Mi-am șters lacrima care îmi alunecase pe obraz.

— Colin... iubirea mea... te iubesc prea mult. Când voi fi gata să te las să pleci? Nu eram departe de asta, dar apoi, vezi tu... Cred că Edward ți-ar plăcea... Ce tot spun? Mie trebuie să-mi placă, nu?

Am privit în jur, fără să văd. Mi-am șters lacrimile. După aceea am privit din nou mormântul și am aplecat capul într-o parte.

— Vă iubesc atât de mult pe amândoi... Dar trebuie să plec, mă aşteaptă Félix.

Tocmai ajunsesem în faţa cafenelei mele literare. Félix nu era acolo, logic. Dar cerul albastru era întotdeauna prezent la întâlnire; am zâmbit închizând ochii. Eram pur şi simplu în stare să profit de bucuriile mici şi simple. Făceam deja asta, mă simţeam deja mai bine. Mi-am atins verigheta. Într-o zi o voi da jos. Poate pentru Edward. Am auzit telefonul sunând. Era timpul să muncesc. Înainte să intru, am aruncat o privire spre firmă.

Oamenii fericiţi...

Mulțumiri

Lui Laurent Bettoni, autor, pedagog şi precursor. Mulţumesc pentru că ai crezut în această carte mai mult decât mine, că m-ai împins dincolo de limitele mele, cu privirea ta avizată şi fără concesii. Datorită ţie, ştiu ce fel de autor vreau să fiu.

Cititorilor de la prima oră, de la primele clicuri. Voi sunteţi la originea aventurii pe care o trăiesc *Oamenii...* începând din decembrie 2012.

Editurii Michel Lafon şi lui Florian Lafani. Mulţumesc că aţi ieşit de pe cărări bătătorite şi mi-aţi respectat parcursul şi libertatea.

Karine Lambert

Femeile care au renunțat la bărbați

Titlul original: L'immeuble des femmes qui ont renoncé aux hommes

Traducere din franceză de Doina Ioanid

Cinci femei din generații diferite, care provin din lumi diferite, au un singur punct comun: nu vor să mai audă de dragoste și bărbați şi au inventat un alt mod de a trăi. Bărbații sunt prezenți doar prin absență, apar în amintirile, în nostalgiile, în visele și în dorințele lor ascunse. Singura prezență masculină acceptată este motanul casei!

O nouă locatară vine într-o zi să le bulverseze viața. Juliette află cu uimire regulile casei şi e impresionată de complicitatea, de curajul şi de nebunia acestor femei. Însă ea nu a renunțat încă la dragoste. Va zgudui ea oare convingerile vecinelor sale?

Karine Lambert, o fotografă pasionată de adevărurile esențiale pe care le poate dezvălui o imagine, s-a lăsat prinsă şi în jocul de-a scrisul. *Femeile care au renunțat la bărbați* este primul său roman, în care vorbeşte cu emoție, umor şi gravitate despre dificultatea de a iubi, despre frământările ființelor umane şi setea lor de fericire.

KARINE
LAMBERT
Femeile
care au
renunțat
la
bărbați
PRIX SAGA CAFÉ
2014
TREI
FICTION
CONNECTION

Fausto Brizzi

O sută de zile de fericire

Titlul original: Cento giorni di felicità
Traducere din italiană de Oana Sălișteanu

Pentru Lucio Battistini, aceasta e şansa de a-şi petrece restul vieții aşa cum ar fi trebuit mereu să o facă – prețuind fiecare moment.

Îi plac femeile, are multe defecte, dar şi mult farmec personal – simpaticul Lucio Battistini a fost dat afară din casă de soție şi doarme într-o încăpere din spatele cofetăriei pe care o deține socrul său. Însă vestea că are o tumoare malignă inoperabilă îi schimbă complet perspectiva asupra vieții.

Astfel încep cele o sută de zile pe care le mai are de trăit: Lucio se hotărăşte să aibă grijă de familia sa, să-şi recucerească soția şi să-şi petreacă următoarele trei luni trăind la intensitate maximă.

Alcătuit din 100 de capitole scurte, unul pentru fiecare zi care i-a mai rămas de trăit lui Lucio, *O sută de zile de fericire* e delicios ca o gogoaşă fierbinte şi un cappuccino.

Fausto Brizzi este un cunoscut regizor, scenarist şi producător italian, apreciat pentru comediile sale spumoase (*Ex, Bărbați contra Femei, Nebune după mine, Ghici cine vine de Crăciun*) şi câştigător al premiilor David di Donatello, Nastro d'Argento şi Telegatto încă de la prima sa comedie (*Noaptea de dinaintea examenului*, 2006).

Cu *O sută de zile de fericire*, debutul său literar, Brizzi a cucerit piața editorială mondială la Târgul de Carte de la Frankfurt din 2013, când romanul său se afla încă în faza de manuscris. Drepturile de publicare ale cărții au fost vândute în peste 20 de țări, urmând ca în 2015 să fie ecranizată, în regia autorului.

FAUSTO BRIZZI
O sută de
zile de
fericire
CE AI FACE DACĂ AI AFLA CĂ MAI
AI DOAR 100 DE ZILE DE TRĂIT?
TREI
FICTION CONNECTION

La prețul de vânzare al cărții
se adaugă 2%, reprezentând
contravaloarea timbrului literar.

Tipar: ARTPRINT
E-mail: office@artprint.ro
Tel.: 021 336 36 33